Das Ewigkeitsprojekt

Science Fiction für Optimisten
C. Hofstätter

Impressum

2. Auflage 2022

Erlenweg 6, A-2380 Perchtoldsdorf
www.carolinehofstaetter.at
caroline.hofstaetter@icloud.com

Titelbild & Umschlaggestalung: Timo Kümmel,
www.timokuemmel.wordpress.com

Lektorat: Nadja Bobik

Satz: Constanze Kramer, coverboutique.de

Herstellung und Verlag:
Amazon Media EU S.à r.l.,
5 Rue Plaetis, L-2338, Luxembourg

ISBN 978-3-9505301-0-0 Paperback

Caroline Hofstätter

Das Ewigkeitsprojekt

Für Niki,
der in guten wie in schlechten Zeiten
immer den besten Kaffee für mich bereithält

Kapitel 1

Es ist schwer zu sagen, ob es der Tag war, an dem mein Leben endete oder ob es an diesem Tag begann, aber in jedem Fall war es ein großartiger Frühlingsmorgen. Sonnenstrahlen, blauer Himmel: alles dran.

Ich hätte das Ganze allerdings mehr genossen, wäre da nicht dieses fiese Gefühl von Watte in meinem Kopf gewesen. Die Welt um mich herum wirkte ein wenig gedämpft. Zu leise. Ich setzte mich langsam auf und schüttelte den Kopf, doch das klebrige, lästige Wattegefühl ließ sich davon nicht beeindrucken. *Vermutlich die Grippe*, wagte ich mich an ein wenig Selbstdiagnose und eigentlich hätte ich wissen sollen, dass Schütteln dagegen nur mäßig hilft. Während die Welt um mich herum noch damit beschäftigt war, sich heimtückisch zu drehen, ließ ich mich in die Wärme meines Betts zurücksinken und tastete mit halb geschlossenen Augen nach dem Wecker: halb sechs. Das war gut, sehr gut sogar. Damit konnte ich mir noch zehn Minuten lang die Decke über den Kopf ziehen. Als Vortragende war Zuspätkommen zur Vorlesung ja eher ungünstig.

Unter dem Schutz der Decke schob ich mich langsam ein wenig nach rechts, um mich für ein paar Augenblicke an meinen Mann zu schmiegen, doch auf der anderen

Bettseite fand ich nichts als ein leeres Kissen und glatt gebügelte Ordnung. *Was zum …?*, dachte ich mir noch etwas schwerfällig, setzte mich auf, verfluchte die immer noch viel zu aufdringlichen Sonnenstrahlen und starrte die leere Bettdecke an. Perfekt gefaltet. 5-Sterne-Hotel-perfekt. Das war unerwartet. Nikolai hatte eine Menge guter Eigenschaften, aber sich leise durch das Leben oder auch nur bis zur Schlafzimmertür zu bewegen, gehörte eigentlich nicht dazu. Normalerweise wachte ich allein schon von der Art auf, wie er seine Decke zurückschlug. Wie um alles in der Welt hatte er es geschafft, direkt neben mir sein Bett zu machen, ohne mich dabei zu wecken?

Im ganzen Haus war kein Geräusch zu hören. Keine Dusche, keine Schritte: nichts. Ich schüttelte noch einmal den Kopf, um das eigenartig gedämpfte Gefühl zu vertreiben, und schwang dann meine Füße aus dem Bett. Der Boden war eiskalt. Eine Sekunde später war mir das allerdings vollkommen egal, denn in diesem Augenblick fiel mein Blick auf die leere, weiße Wand gegenüber dem Bett. Mit einem Schlag war ich hellwach.

Nikolai hatte, ohne mich zu wecken, noch viel mehr getan, als die Fähigkeit des lautlosen Bettenmachens zu entwickeln. Er hatte mich von Tante Bettys Hochzeitsgeschenk – einem scharlachroten Öl-auf-Leinwand-Monstrum, das fast die ganze Wand eingenommen hatte – erlöst. Tante Betty hatte uns »Rote Leidenschaft« stolz als Höhepunkt ihrer soeben erst begonnenen Künstlerkarriere präsentiert. »Bedauerlicherweise verschütteter Farbkübel« wäre allerdings ein weitaus passenderer Name gewesen.

Seit dem Tag unserer Hochzeit war es jeden Morgen das Erste gewesen, was ich gesehen hatte, und jeden Morgen hatte ich es ein wenig mehr gehasst. Und nun war da, ganz ohne Vorwarnung, ganz einfach nichts weiter als eine weiße Wand. Ich konnte mein Glück kaum fassen, dass er so sehr über seinen Schatten gesprungen war und mich von dem grässlichen Ding befreit hatte. Mit einem Lächeln, das selbst einem Morgenmenschen alle Ehre gemacht hätte, machte ich mich auf den Weg in die Küche und auch das gedämpfte Gefühl in meinem Kopf konnte meine Laune nicht trüben. Falls mich tatsächlich die Grippe erwischen sollte, dann würde ich zumindest ein paar Tage lang eine wundervolle Aussicht auf eine weiße Wand haben.

In der Küche war von Nikolai keine Spur zu sehen, aber das war im Gegensatz zum Rest des Morgens weniger überraschend. Nikolai nahm normalerweise den Tag in Angriff, als gäbe es Bonuspunkte dafür, die 24 Stunden als Erster erledigt zu haben. Eine gemeinsame Tasse Kaffee mit mir und eine schnelle Dusche waren alles, wofür er sich Zeit nahm, und vermutlich hatte er ohne mich auch die Sache mit dem Kaffee übersprungen. Ich dagegen würde ohne eine anständige Portion Koffein nicht mal die Haustür erreichen.

Ich beschloss, meinen Kaffee am Küchenfenster zu trinken, und nahm meine Lieblingstasse aus dem Schrank. Als ich nach der Kanne griff, stellte ich allerdings fest, dass sie leichter war als erwartet. Kein Wunder, denn sie war absolut leer. Ich blinzelte in die hellen Sonnenstrahlen und begann mir Sorgen zu machen.

Seit unserer ersten gemeinsamen Nacht hatte Nikolai Kaffee zu seiner Mission erklärt – ritterlich, entschlossen und mit einem amüsierten Zwinkern. Ich hatte damals, ohne mit der Wimper zu zucken, seinen Kühlschrank mit nichts als Bier, Batterien und Tütensuppen zur Kenntnis genommen, aber als er mir seelenruhig erklärt hatte, dass er keinen Kaffee im Haus hätte, war es mir schwergefallen, mein Entsetzen zu verbergen. Nikolai hatte sich das zu Herzen genommen und er war kein Mann, der halbe Sachen machte. Als er letzten Monat ein paar Tage nach Norwich musste, um die Installation eines neuen Reaktorkerns zu beaufsichtigen, war er trotz meiner Proteste sogar so weit gegangen, einen Zustelldienst zu organisieren. Jeden Morgen, pünktlich um halb sieben, hatte ich einen perfekten Cappuccino auf der Türschwelle vorgefunden. Welche Frau hätte ihn daraufhin nicht geheiratet?

Ratlos griff ich nach der leeren Kanne. War das unser erster Streit? Und falls ja, warum hatte ich dann nicht den Hauch einer Ahnung, worum es dabei ging? Gestern Abend war die Welt noch in Ordnung gewesen. Mandarin-Ente von unserem Lieblingschinesen, zwei Folgen von *Doctor Who* und kein böses Wort. Das Ganze ergab einfach keinen Sinn. Noch weniger Sinn ergab nur, wieso er sich mitten in einem Streit dazu durchringen sollte, das Bild zu entfernen. Leicht war ihm das bestimmt nicht gefallen. Er war zwar Wissenschaftler und logisches Denken sein tägliches Brot, aber bei dem Aberglauben, mit dem ihn seine Großmutter von klein an geimpft hatte, endete diese Fähigkeit abrupt.

»Hochzeitsgeschenke muss man in Ehren halten, Schatz. Auch die scheußlichen«, hatte er mir erklärt, als ich die Sache mit dem Bild damals vorsichtig angeschnitten hatte, und sein besorgter Blick hatte mich davon überzeugt, mich mit dem roten Monster abzufinden. Vermutlich hatte er jahrelanges Pech befürchtet, falls wir das Ding einfach entsorgt hätten. Und jetzt? Einfach so weg damit? Was ich jetzt noch dringender brauchte als eine Tasse Kaffee, war ein Gespräch mit meinem Mann. Ich griff nach meinem Handy, doch alles, was ich zu hören bekam, war Nikolais Mobilbox.

Langsam goss ich Wasser in die Kaffeemaschine, atmete tief durch und versuchte, eine Erklärung für diesen Morgen zu finden. Das Geräusch des langsam durchlaufenden Kaffees fühlte sich allerdings nicht annähernd so beruhigend an wie sonst, und schon nach wenigen Schlucken stellte ich die Tasse zur Seite. Auf dem Weg ins Bad tröstete ich mich mit dem Gedanken, dass Nikolai bestimmt bald zurückrufen würde. Das tat er immer. Das verlangte sein ritterlicher Instinkt, zur Stelle sein zu wollen, falls ich ihn brauchte.

An diesem Morgen blieb mein Handy jedoch stumm. Es blieb stumm, während ich im Bad unter der Dusche stand, und es blieb ebenso stumm, als ich es nicht aus den Augen ließ, während ich lustlos eines meiner Sommerkleider aus dem Schrank holte und meine blonden Locken zu einem Zopf bändigte. Normalerweise erledigte Nikolai morgens als Erstes den Papierkram und das war nichts, was ihn davon abhalten würde, mich anzurufen. Ich ließ mich aufs Bett sinken, warf der rätselhaft leeren Wand einen nachdenklichen Blick zu und wählte seine Nummer noch einmal. Wieder nur die Mobilbox.

Ich beschloss, dass es höchste Zeit für ein wenig Vernunft war. Wenn ich in diesem Zustand meinen Hörsaal betrat, würde ich nicht einmal Acetylsalicylsäure fehlerfrei an die Tafel schreiben.

Ich versuchte mich davon zu überzeugen, dass es wohl das Beste wäre, diesen wundervollen Morgen für einen kleinen Umweg auf dem Weg zum Bahnhof zu nutzen. Vielleicht durch die Allee, wo um diese Zeit die ersten Frühlingsblumen blühten. Ja, das wäre genau das Richtige, um den Kopf frei zu bekommen. Im Grunde genommen war es wohl etwas übertrieben, mir wegen einer leeren Kaffeekanne Sorgen zu machen. Was auch immer Nikolai heute Morgen durch den Kopf gegangen war, er würde sich bestimmt bald melden.

Als ich wenige Augenblicke später die Haustür öffnete, vergaß ich allerdings mit einem Schlag jeden Gedanken an Nikolai und die Kaffeekanne. Ich war vollkommen damit beschäftigt, mit offenem Mund auf die Straße vor mir zu starren – oder vielmehr auf das, was ich von ihr erkennen konnte. Was vom Küchenfenster aus vor nicht einmal einer Minute noch wie ein perfekter Frühlingstag ausgesehen hatte, war nun ein einziges, undurchdringliches Nebelmeer. Das war verflucht noch mal mit Abstand der schnellste Wetterumschwung, den ich je gesehen hatte.

Zögernd trat ich in den Vorgarten. Es war, als hätte jemand die Welt in trostloses, schmutziges Weiß getaucht, und alles, was mehr als ein paar Meter von mir entfernt war, konnte ich nur noch erahnen. Auf den kleinen Umweg würde ich verzichten. Definitiv.

Kapitel 2

Langsam begann ich die Straße in Richtung Bahnhof entlangzugehen, und obwohl ich mir einzureden versuchte, dass das hier nur ein ungewöhnlicher Wetterumschwung war, schlug mir das Herz bis zum Hals. Alle meine Sinne waren in Alarmbereitschaft, was mir allerdings inmitten dieser undurchdringlichen, weißen Suppe nicht viel half. Meine Schritte hallten viel zu laut durch die Allee und das war auch das Einzige, was ich hörte. Außer mir schien an diesem Morgen niemand unterwegs zu sein. Dabei war es Montag! Eigentlich sollten sich gerade jede Menge Leute auf den Weg zur Arbeit machen. Aber da war nichts. Nicht einmal ein Auto war zu hören. Ich warf einen kurzen Blick hinter mich, von meinem Haus war schon nach den wenigen Schritten nichts mehr zu sehen. Einen Augenblick lang war ich versucht umzukehren, aber bis zum Bahnhof war es nur ein kurzes Stück die Straße entlang und ein bisschen Nebel war wohl kein Grund, die Nerven wegzuschmeißen. Gut, es war ziemlich viel Nebel. Trotzdem kein Grund.

In diesem weißen Niemandsland fühlte es sich an, als würde der Weg zum Bahnhof eine halbe Ewigkeit dauern. Als wäre ich der letzte Mensch auf Erden. Meine Hand tastete in der Tasche nach meinem Handy und ich zog sie zitternd wieder zurück, als ich mich daran erinnerte, dass ich es nicht eingepackt hatte. Es lag immer noch im Schlafzimmer. Brillante Idee, es ausgerechnet heute zu Hause liegen zu lassen. Ich hätte jetzt wirklich gerne Nikolais Stimme gehört. Oder die von irgendjemandem. Verflucht noch mal, dieser Nebel machte mir langsam richtig Angst!

Bis zum Bahnhof konnte es allerdings nicht mehr weit sein. In höchstens fünf Minuten würde ich mit Thommy Rodgers, Kate und den anderen Pendlern über das verrückte Wetter lachen. Denn mehr war es nicht. Einfach nur ungewöhnliches Wetter.

Ich konzentrierte meine Gedanken auf den Bahnhof und blinzelte angestrengt in das weiße Nichts vor mir. Jeden Moment würde ich ihn sehen können. Jeden Moment. Im nächsten Augenblick konnte ich tatsächlich die Umrisse des kleinen Bahnhofs durch den Nebel schimmern sehen und alles, was mir eben noch durch den Kopf gegangen war, erschien mir plötzlich ziemlich lächerlich. Die Nebelschwaden umschmeichelten das alte Bahnhofsgebäude fast zärtlich und mit seinem frisch restaurierten schmiedeeisernen Stiegenaufgang wirkte es in diesem Moment wie das perfekte Postkartenmotiv. Falls man der Typ war, der solche Postkarten mochte. Zugegeben, der war ich nicht, trotzdem kam mir der kleine Bahnhof in diesem Moment wie das gelobte Land vor und ich nahm mit einem breiten Lächeln zwei Stufen der alten, kleinen Treppe auf einmal.

Mein Lächeln verschwand allerdings, als ich den Bahnsteig betrat. Normalerweise warteten um diese Zeit mindestens ein Dutzend anderer Fahrgäste am Bahnsteig, doch dieser Morgen schien nicht viel übrig zu haben für »normal«. Der Bahnsteig war vollkommen verlassen. Nicht einmal die Tauben waren zu sehen, die hier sonst gierig um die Brotkrumen kämpften, die die Fahrgäste von ihrem Frühstück verstreuten. Charlies Bäckerei befand sich direkt neben dem kleinen Bahnhofsgebäude und der Duft der handgemachten Croissants lud morgens viele zu einem kurzen Abstecher ein, während sie auf den Zug warteten. Ich konnte die Umrisse der Bäckerei nur undeutlich durch den Nebel erkennen, aber es war nicht zu übersehen, dass dort kein Licht brannte. Nicht einmal das altmodische Emailleschild mit dem Croissant schien beleuchtet zu sein. Das war so *falsch*, wie nur etwas falsch sein konnte. Ich konnte mich nicht daran erinnern, dass Charlie jemals an einem Morgen nicht geöffnet hatte. Selbst an Feiertagen war er immer für seine Kunden da, denn er meinte stets lachend: »Was wäre ein Feiertag ohne Kuchen?« Doch an diesem Morgen hatte Charlies Bäckerei geschlossen und aus irgendeinem Grund war der Bahnhof vollkommen verlassen. Bis auf mich.

Mit jeder Sekunde, die ich länger auf dem verlassenen Bahnsteig stand, kam mir das wie eine ziemlich schlechte Idee vor. *Endstation*, ging mir durch den Kopf und es hatte einen grässlichen Beigeschmack. Ich musste hier weg.

Ohne länger zu zögern, lief ich über die Gleise zurück in Richtung der Häuser. Erst später wurde mir klar, dass eigentlich genau in diesem Moment der Sieben-Uhrdreißig-Express hätte einfahren sollen und ich an jedem anderen Tag mit diesem Sprint auf den Gleisen alle Sorgen für immer los gewesen wäre. Doch Hills View gehorchte nun anderen Gesetzen als dem Fahrplan.

Kapitel 3

Ich lief die Straße entlang und die hohen Birken, die den Rand säumten, schienen den Nebel mit ihren dürren Ästen noch dichter zu mir herunterzuziehen. Und, verdammt, es kam mir so vor, als hätten sie tatsächlich Erfolg damit. Mit jedem Schritt konnte ich weniger in den Nebelschwaden erkennen, und als ich das erste Haus der Siedlung erreicht hatte, war ich mir sicher, keinen Augenblick länger hier draußen ertragen zu können. Zumindest nicht, ohne tatsächlich anzufangen, an bösartige Birken zu glauben.

Das Haus, an dessen Gartenzaun ich mich völlig außer Atem lehnte, gehörte Mike Millers, und als mir das klar wurde, fühlte ich eine warme Welle der Erleichterung in mir aufsteigen. Meine panische Flucht vor dem leeren Bahnsteig hätte mich zu keinem besseren Ort führen können. Es war noch ziemlich früh, um bei Mike zu läuten, aber zum Teufel mit Dingen, die man sonst um diese Uhrzeit nicht tat! Ich konnte das Geräusch der Türglocke im Inneren des Hauses widerhallen hören und versuchte, den Nebel nicht zu beachten, während ich meinen Blick fest auf die Tür gerichtet hielt. Mike würde mit Sicherheit wissen, was hier los war. Als ehemaliger Marine hatte er einen ziemlich guten Instinkt für Ärger.

Im Haus schien sich allerdings nichts zu rühren. Ich klingelte noch einmal und hielt dabei den abgegriffenen kleinen Knopf länger gedrückt, als ich so etwas jemals zuvor getan hatte, doch niemand kam die Treppe herunter, um sich darüber zu beschweren. Keine Schritte, kein Licht, kein Mike.

Ich warf den dunklen Fenstern einen letzten Blick zu und versuchte mich mit dem Gedanken anzufreunden, weiter durch den Nebel zu laufen. Aber wohin? Wohin sollte ich gehen? Zurück zum Bahnhof und auf einen Zug warten? Nein, es gab bestimmt einen guten Grund, warum er so verlassen war wie ein Friedhof kurz vor Mitternacht. Himmel, warum dachte ich an so etwas? Dieser Nebel. Dieser verdammte Nebel! Zitternd versuchte ich mich an ein paar ruhigen Atemzügen. Soll ja helfen, sagt man. Aber egal, wie viel ich atmete, einfach nach Hause zu gehen, schied definitiv aus. Bis zu meinem Haus wären es zwar nicht mehr als zehn Minuten, aber zehn Minuten allein auf diesen verlassenen Straßen waren im Moment das Letzte, was ich mir vorstellen wollte. Nicht mit diesem Kurz-vor-Mitternacht-Gefühl im Bauch. Ich beschloss, es bei den Bedfields zu versuchen. Eine fünfköpfige, chaotische Familie mit einem Hang dazu, die gleichen T-Shirts anzuziehen, war zwar vielleicht nicht der ideale Wegbegleiter, um sich gemeinsam durch die nebelige Stille zu kämpfen, aber sie wohnten nicht einmal hundert Meter die Straße hinunter. Das war meiner Meinung nach im Moment die wichtigste Qualifikation. Einhundert Meter. Das sollte zu schaffen sein. Selbst in dieser weißen Suppe. Ich warf den Ästen vor mir einen misstrauischen Blick zu und machte mich auf den Weg.

Immer noch war kein einziges Auto zu hören. Kein Hundegebell. Nicht einmal ein Vogelzwitschern. Dieser Nebel schien wirklich jedes Geräusch zu verschlucken. Ich hielt meinen Blick stur geradeaus gerichtet und versuchte, an nichts zu denken als an das Haus der Bedfields. Nicht daran, warum es an diesem Morgen keine Vögel zu geben schien. Nicht an die unheimlichen Birkenäste über mir. Nur an das Haus.

Und dann tauchte es so plötzlich aus dem Nichts auf, dass ich fast mit der Nase gegen den Gartenzaun geknallt wäre. In diesem Nebel verlor ich offensichtlich auch jedes Gefühl für Entfernungen.

Ich rannte über den Rasen der Bedfields und schlug wie eine Ertrinkende mit der Faust gegen die Tür.

WHAMMM!

WHAMMM!

WHAMMM!

Die Schläge klangen laut und fremd in meinen Ohren. Was um alles in der Welt tat ich hier? Niemand, der noch ganz bei Trost war, behandelte so die Haustür seiner Freunde. Ich zog meine Hand eilig zurück und versuchte ein Lächeln, von dem ich hoffte, dass es nicht zu sehr nach »panischer Verrückter« aussah, während ich darauf wartete, dass die Tür geöffnet wurde.

Komm schon, Liz! Ich weiß, dass du um diese Uhrzeit zu Hause bist.

Hinter den dunklen Fenstern war allerdings keine Bewegung zu erkennen. Ich klopfte noch einmal und bemühte mich, meinem neuen Motto »nicht wie eine Verrückte« treu zu bleiben. Ein paar quälend lange Minuten später musste ich erkennen, dass es keine Rolle zu spielen schien, auf welche Art man an diesem Morgen an die Türen klopfte. So oder so wurden sie nicht geöffnet.

Leise fluchend, machte ich mich bereit, wohl oder übel nun doch den Rest des Weges bis zu meinem Haus zu laufen, als mir ein Gedanke kam, den ich schon längst hätte haben sollen: *Was, wenn dieses Zeug um mich herum gar kein Nebel ist?* Gewöhnlicher Nebel würde sich nicht dermaßen dicht über Hills View legen und schon gar nicht würde er das innerhalb weniger als einer Minute tun, die ich heute Morgen vom Küchenfenster bis zu meiner Haustür benötigt hatte. Was also *war* dieses Zeug? Mir fiel nur eine Antwort darauf ein und sie gefiel mir nicht besonders: Gas. Vielleicht hatte es einen Chemieunfall gegeben. Das war dummerweise nicht ganz unwahrscheinlich, denn Fabriken gab es hier in der Gegend genug.

Ich nahm einen vorsichtigen Atemzug – einer mehr würde nun wohl kaum noch einen Unterschied machen – und konzentrierte mich darauf, irgendeinen Geruch herauszufiltern. Nichts. Das musste allerdings noch nicht viel heißen. Als Ärztin wusste ich, dass es jede Menge geruchlose Stoffe gab, die einen genauso zuverlässig umbringen konnten wie Blausäure oder Sarin.

Ich tat also, was wohl schon längst fällig war, und verfluchte meine eigene Dummheit. Was hatte ich mir dabei gedacht, einfach in diese Brühe reinzumarschieren? Mich vor Birken zu fürchten, ohne an das Offensichtliche zu denken? Jeder vernünftige Mensch hätte zuerst seinen Fernseher oder das Radio eingeschaltet, bevor er auch nur einen Fuß in dieses weiße Zeug gesetzt hätte. Vermutlich gab es in diesem Moment auf allen Kanälen schon Live-Berichterstattung mit Hubschraubern, Wetterexperten und jeder Menge guter Tipps, wie man sich schützen konnte. Einer davon war ziemlich sicher, nicht ewig in dem Zeug herumzustehen.

Ich ging vom Klopfen über zu ein paar kräftigen Tritten gegen die Tür der Bedfields, was allerdings genauso wenig Erfolg brachte. Vermutlich hatten sie sich die Hinweise der Behörden zu Herzen genommen, sich ins obere Stockwerk geflüchtet und die Türen und Fenster so gut wie möglich abgedichtet. Das half natürlich nicht nur gegen Gas, sondern auch gegen den Krach, den ich hier draußen veranstaltete. Ich betrachtete die Tür, die bedauerlicherweise ziemlich solide aussah. Langsam trat ich ein paar Schritte zurück und versuchte mir einzureden, dass es kein Fehler sein würde, meine Schulter in ein massives Stück Holz zu rammen. Dann schloss ich die Augen und lief los.

Die Tür gab mir überraschend bereitwillig nach und ich landete fast ungebremst auf dem Boden des Vorraums. Der Schmerz des Aufpralls nahm meine ganze Welt ein und es dauerte ein paar Minuten, bis ich wieder einen klaren Gedanken fassen konnte. Während ich mich auf dem gelbgrün karierten Läufer der Bedfields krümmte, schmerzte mich am meisten der Gedanke, dass ich die Tür ganz einfach hätte öffnen können. Verflucht noch mal, seit wann ließ irgendjemand in Hills View seine Haustür einfach unverschlossen?

Das Erste, was ich wieder klar sehen konnte, waren die Schuhe. Nicht ein Krümel Erde war daran. Jeder einzelne war auf Hochglanz geputzt und perfekt aufgereiht – als hätte Liz Bedfield damit gerechnet, dass an diesem Morgen jemand einen knappen Zentimeter davon entfernt in ihrem Vorraum liegen würde. Ich stand auf und unterdrückte ein Stöhnen. Meine Schulter tat immer noch höllisch weh, aber das war etwas, um das ich mich später kümmern würde. Wenn das hier tatsächlich Giftgas war, dann gab es für meine Gesundheit im Moment ganz andere Gefahren als eine geprellte Schulter. Eilig schloss ich die Eingangstür, um nicht noch mehr von dem Zeug ins Haus zu lassen. Die Tür hatte meine Attacke offensichtlich tadellos überstanden und das Schloss schnappte widerspruchslos ein. Obwohl ich mir so lange Zeit gelassen hatte, war im Haus keine Spur von dem weißen Zeug zu sehen. Was auch immer es war, es schien sich also nur träge auszubreiten. Das war es dann aber auch schon mit den guten Nachrichten. Von den Bedfields war hier drin genauso wenig zu sehen wie von dem Nebel.

»Hallo?«

Meine Stimme hallte durch das stille Haus.

»Liz? Jemand zu Hause?«

Keine Antwort. Falls sie sich tatsächlich im oberen Stockwerk aufhielten, dann mussten sie wirklich eine Menge Decken verwendet haben, um den Raum so abzudichten, dass sie mich noch immer nicht hörten. Ich ging in Richtung Treppe und ein kurzer Blick in das verlassene Wohnzimmer ließ mich verwundert innehalten. Das ganze Zimmer war so perfekt aufgeräumt, als hätten die Bedfields jede Minute den Besuch eines Reporters von einem dieser Hochglanz-Einrichtungsmagazine erwartet. Nirgendwo lag etwas herum, was sich nicht ganz offensichtlich genau an seinem Platz befand. Selbst der Boden glänzte, als wäre er frisch eingelassen und dann liebevoll per Hand mit einer sehr feinen Zahnbürste geschrubbt worden. Liz Bedfield hatte drei Kinder und die brachen für gewöhnlich mit der Kraft eines Tornados über jedes Zimmer herein. Diese Ordnung fühlte sich falsch an. Beängstigend falsch, wenn man bedachte, dass sie alle an diesem Morgen wohl anderes zu tun gehabt hatten, als den Boden zu polieren.

Ich rief noch einmal nach Liz und ging dann langsam die Stufen hinauf. Es war ein eigenartiges Gefühl, allein in ihrem Haus herumzuschleichen. Zögernd blieb ich vor der Tür stehen, hinter der ich das Schlafzimmer vermutete.

»Hallo?«

Nichts. Vorsichtig klopfte ich an. Immer noch nichts. Was, wenn sie im Schlaf von dem Gas überrascht worden waren? *Keine Leichen, oh Gott, bitte keine Leichen!*, schoss es mir durch den Kopf und meine Hand zitterte, als ich langsam die Klinke der Tür nach unten drückte. Ein leeres Bett, perfekt gemacht. Der Rest des Raumes gehörte einem riesigen Spiegelschrank, aus dem ich mir selbst blass entgegenblickte. Langsam trat ich näher. Keine Rötungen im Gesicht. Nichts geschwollen. Und auch sonst keine Anzeichen dafür, dass das weiße Zeug mir bereits geschadet hatte. Das änderte allerdings nichts daran, dass ich mich unendlich müde fühlte. Vorsichtig, um die sorgfältig arrangierten Kissen nicht durcheinanderzubringen, ließ ich mich auf den Rand des Betts sinken und griff nach der Fernbedienung am Nachttisch. Auf Durchsagen der Behörden achten, das war es doch, was man in so einer Situation tun musste.

Es stellte sich allerdings als überraschend schwierig heraus, so etwas wie Nachrichten auf den Bildschirm der Bedfields zu bekommen. Ich arbeitete mich durch eine beeindruckende Auswahl an Spielfilmen, von denen ich eigenartigerweise jeden ziemlich gut kannte: *Das fünfte Element*, *Total Recall*, die *Star Trek*-Folge mit den Tribbles. Es war, als würde ich mich durch mein Best-of an Lieblingsfilmen schalten. Was ich nicht auf den Bildschirm bekam, war irgendeinen Hinweis darauf, was mit Hills View passiert war. Der Fernseher schien sich hartnäckig zu weigern, Nachrichten in irgendeiner Form zu zeigen. Frustriert ließ ich die Fernbedienung neben mir auf das Bett fallen, nur um sie dann schnell wieder aufzuheben und ordentlich auf dem Nachttisch zu platzieren. Schlimm genug, Liz erklären zu müssen, warum ich auf ihrem Bett gesessen hatte.

Mittlerweile hatte ich wenig Hoffnung, hier noch einen Hinweis auf die Bedfields zu finden, aber wenn ich schon zurück in das weiße Zeug musste, wollte ich es zumindest nicht unvorbereitet tun. Ich machte mich auf den Weg ins Badezimmer, und als ich die Tür öffnete, bemerkte ich als

Erstes die Zahnbürsten. Fünf Stück davon lagen am Rand des Waschbeckens – alle exakt gleich ausgerichtet. Entweder hatte Liz ein massives Problem oder … oder mir fiel keine Erklärung dafür ein. Es passte jedenfalls gar nicht zu der fröhlichen, chaotischen Liz, die ich kannte. Wie es aussah, konnte man eine Menge über seine Freunde lernen, wenn man in ihr Haus einbrach. Ich spritze mir etwas kühles Wasser ins Gesicht, gab mir Mühe, mich dadurch ein wenig besser zu fühlen, und öffnete den Spiegelschrank. Er enthielt eine ziemlich typische Auswahl an Medikamenten für eine Familie mit Kindern. Weniger typisch war, dass sie alphabetisch geordnet waren. Zumindest war es so nicht schwer, die Kohletabletten zu finden. Vorsichtig begann ich die Tabletten mit dem Griff einer Haarbürste zu zerstampfen und gab mir Mühe, den feinen Kohlestaub danach sorgfältig wieder vom Waschbecken zu entfernen. Das war wohl das Mindeste, was ich tun konnte, in Anbetracht dessen, was ich nun mit dem Zahnputzbecher vorhatte. Ich entschied mich für »Hello Kitty«.

Mit der Nagelschere war es ziemlich einfach, kleine Löcher in das Plastikgefäß zu bohren, und mithilfe von ein paar Taschentüchern und meinem Haargummi hielt ich einige Minuten später eine ganz passable Gasmaske in der Hand.

Als ich wenig später die Haustür der Bedfields hinter mir schloss und der Nebel mich einhüllte, hätte ich trotz der schicken kleinen Katze auf dem Becher allerdings eine Menge für eine der Masken aus meinem Labor gegeben. Himmel, was war das nur für ein Zeug? Für ein Gas schien es sich – zumindest hier in Bodennähe – wirklich lange zu halten. Ich konnte die Umrisse des VW Kombi der Bedfields in der Einfahrt nur schwach erkennen. Warum hatten die Bedfields ihn nicht benutzt?

Sekunden später lief ich, keuchend und den Hello-Kitty-Becher fest an mein Gesicht gepresst, die Straße entlang. Wäre mir das Atmen auch nur ein bisschen leichtergefallen, hätte ich geflucht. Wie hatte ich das Naheliegendste übersehen können? Es war eine Katastrophe geschehen, und was würden die Behörden in so einem Fall wohl tun? Natürlich eine groß angelegte Evakuierung starten. Mit Bussen, Hubschraubern und jeder Menge professioneller Ausrüstung. Während ich durch den Nebel gelaufen war, hatte vermutlich längst jemand an meine Haustür geklopft, um mich in Sicherheit zu bringen. Ich lief, so schnell ich konnte, die Straße hinunter und der Gedanke, dass vielleicht in dieser Minute ein Rettungstrupp vor meinem Haus stand, verlieh mir offensichtlich Flügel. Mein Haus lag drei Blocks weiter die Straße entlang, aber seine Umrisse tauchten viel früher als erwartet vor mir aus dem Nebel auf.

Von einer Evakuierungsmannschaft war hier nichts zu sehen, doch etwas anderes forderte meine ganze Aufmerksamkeit. Etwas, das sich verändert hatte. Ich öffnete sehr vorsichtig mein Gartentor und kniete mich hin, um mit der Hand über den Rasen zu streichen. Er war frisch gemäht. Auf perfekte, ordentliche drei Zentimeter Höhe.

Kapitel 4

Meine Hand zitterte, als ich über das kurze Gras strich. Wer hatte sich an meinem Rasen zu schaffen gemacht – und das nachts? Gestern Abend hatte hier draußen noch zu langes Gras gegen Gänseblümchen, Löwenzahn und weiß der Teufel, wie der Rest hieß, um die Vorherrschaft gekämpft – und nun? Es roch frisch, als wäre es gerade eben erst gemäht worden. Langsam stand ich auf und suchte im Nebel um mich herum nach Bewegung.

Es war jedenfalls bestimmt nicht Nikolai gewesen. Die Vorstellung, dass er sich im Morgengrauen mit Tante Bettys Bild unter dem Arm um den Rasen kümmerte, war lächerlich. Und absolut unmöglich. Wenn es jemand wagte, in Hills View vor acht Uhr nur laut zu husten, stand innerhalb von Sekunden ein entrüsteter Mob in Lockenwicklern und geblümten Hausschuhen vor seiner Tür und bestand auf Einhaltung der Ruhezeiten – und das war nichts, was ich überhört hätte. Genauso wenig wie einen Rasenmäher direkt vor meinem Haus. Nein, wer auch immer hier Gärtner gespielt hatte, musste es getan haben, nachdem ich das Haus verlassen hatte – als alle anderen bereits damit beschäftigt waren, vor diesem weißen Zeug zu flüchten.

Ich hatte von solchen Dingen gelesen. Gemütlich bei einer Tasse Tee, ohne damit zu rechnen, selbst so jemandem zu begegnen. Jemandem, den eine Katastrophe derart aus der Bahn warf, dass er den schmalen Grat zwischen »exzentrisch« und »wahnsinnig« entlangtaumelte. Ein Giftgasalarm. Evakuierungen. So etwas konnte natürlich ein latent schlummerndes psychisches Problem zum Ausbruch bringen und es war schwer zu sagen, in welchem Zustand mein Gärtner nun war. Vom zitternden Häufchen Elend bis hin zum Amokläufer war alles möglich. Die Preisfrage war nun: War er nur an Gras im Allgemeinen interessiert oder ... oder auch an mir? Und war es jemand, den ich kannte? Ich stand auf und war mir nicht sicher, was ich mehr fürchten sollte: den Nebel um mich herum oder mein eigenes Haus, in dem mein Besucher vielleicht in diesem Moment auf mich wartete. Mit einem letzten Blick auf die stille, nebelverhangene Straße entschied ich mich, ins Haus zu gehen. Ein Verrückter ließ vielleicht mit sich reden. Der Nebel wohl nicht.

Ich näherte mich so leise wie möglich der Eingangstür und blickte mich suchend um. Für den Fall, dass mein Gärtner nicht in der Stimmung für eine Unterhaltung war, brauchte ich etwas, um mich zu verteidigen. Das war eindeutig nicht der beste Morgen meines Lebens. Mein Blick fiel auf den Schirmständer auf der Veranda. Ein paar Knirpse und der altmodische Stockschirm, den Nikolai gerne den *Gentleman* nannte, weil er sich so gut dazu eignete, mich wie ein perfekter Kavalier trocken durch den Regen zu bringen, standen darin. Ich zog den Schirm behutsam aus dem Ständer und das Gewicht des massiven Griffs in meiner Hand gab mir ein wenig Sicherheit.

Langsam öffnete ich die Haustür einen Spalt. Nichts rührte sich, der Flur schien leer zu sein. Mit einem kräftigen Ruck stieß ich die Tür auf. Jeder, der sich dahinter im toten Winkel versteckt hielt, hätte einen ordentlichen Schlag abbekommen. Die Türschnalle schlug hart gegen die Wand. Ich schloss die Tür hinter mir, ohne den Blick vom Flur und der Treppe nach oben abzuwenden. Das war laut gewesen. So viel zu meinem Überraschungsmoment.

Immerhin, hier drin war nichts von dem weißen Zeug zu sehen. Nikolai musste wohl, bevor er gegangen war, die gekippten Fenster geschlossen haben. Oder … oder jemand anderer. Ich lauschte in die Stille des Hauses hinein. Wo würde ich mich verstecken, wenn ich ein rasenmähender Verrückter wäre? Leise schlich ich zu den großen Einbauschränken in der Garderobe und packte dabei den Gentleman, so fest ich konnte. Dann riss ich die Tür des ersten Schranks auf. Vermutlich hätte ich einen Zweikampf in diesem Moment tatsächlich gewonnen, ich war pures Adrenalin mit einem kräftigen Schuss Verzweiflung. Als sich der Schrank öffnete, stand ich allerdings nur unseren Wintersachen gegenüber. Etwas ließ mich trotzdem zögern, den Schrank gleich wieder zu schließen, und es dauerte einen Augenblick, bis ich begriff, was es war: Unsere Mäntel, Jacken und Schals waren perfekt geordnet. Absolut perfekt und nach Farben sortiert. Ich konnte fühlen, wie sich die feinen Härchen in meinem Nacken aufstellten. Mein unbekannter Gärtner schien sich nicht nur für meinen Rasen interessiert zu haben.

Ich warf der Eingangstür einen langen Blick zu. Mein erster Gedanke war zu fliehen, aber ich war bereits zu lange in dem weißen Zeug herumgelaufen. Die Straßen von Hills View waren bestimmt nicht grundlos derart verlassen. Nein, ich würde die Sicherheit meines Hauses nicht aufgeben und mich in das weiße Gift hinaustreiben lassen. Ich war, verdammt noch mal, fertig damit, an diesem Morgen vor irgendetwas zu flüchten. Es war Zeit für ein paar Antworten.

Ich schloss den Schrank so leise wie möglich, fasste den Schirm noch fester und ging die Treppe hinauf in den oberen Stock, sorgsam darauf bedacht, auf keines der beiden knarrenden Dielenbretter zu treten. Ich hatte vielleicht nicht mehr viel Überraschungsmoment übrig, aber trotzdem wollte ich diesem Verrückten nicht verraten, wo genau ich mich aufhielt.

In der Küche stand die Kaffeekanne immer noch neben der Maschine – genau wie ich sie zurückgelassen hatte. Ich musste mich zwingen, nicht laut aufzulachen. Vor nicht einmal einer Stunde war die leere Kaffeekanne tatsächlich meine größte Sorge gewesen. Aber man musste für die kleinen Dinge dankbar sein. Immerhin war das Wohnzimmer erfreulich frei von Verrückten mit spitzen Gartengeräten. Aber irgendetwas fühlte sich trotzdem falsch an. Alles war … eine Spur zu ordentlich. Die Bücher standen zu gerade im großen Regal über dem Sofa und das Sofa selbst glänzte, als hätte sich gerade eben erst jemand mit Lederpflegemittel und Putzlappen darum bemüht. War er noch hier? Und wie hatte er das alles in nicht einmal einer Stunde geschafft? Diese Ordnung hatte etwas Unheimliches an sich, das mir unter die Haut ging. Vielleicht sollte ich doch aus dem Haus verschwinden, sobald ich mein Handy hatte.

So schnell und leise ich konnte, schlich ich den Flur entlang Richtung Schlafzimmer. Das Haus hatte sich noch nie so still angefühlt wie in diesem Moment – als würde es selbst den Atem anhalten und auf etwas warten. Mein Herz schlug bis zum Hals, als ich ins Schlafzimmer trat.

Die Tür stand noch immer offen und meine Bettdecke war genauso nachlässig zurückgeschlagen, wie ich sie hinterlassen hatte. So weit hatte er sich also nicht vorgewagt, immerhin. Mein Handy lag, genau wie ich vermutet hatte, mitten auf dem Bett – auf dem Display wurde allerdings kein einziger Anruf angezeigt. Auch keine Nachricht. Nichts. Das sah Nikolai so gar nicht ähnlich. Einen Augenblick lang war ich versucht, seine Nummer zu wählen. Aber das hätte natürlich auch meinem Gast verraten, dass ich im Haus war – falls er das nicht ohnehin schon wusste. Eine SMS war wohl die bessere Idee. Aber wie sollte ich Nikolai den Wahnsinn dieses Morgens in ein paar Worten erklären? Ich rechnete jeden Augenblick damit, Schritte auf dem Gang zu hören, und entschloss mich, es möglichst kurz zu halten.

Einbrecher im Haus – ruf die Polizei. Hills View ist voller Nebel. Weißt du, was los ist?, tippte ich. Und, so viel Zeit musste sein: Liebe dich, S.

Ich wollte die Nachricht gerade abschicken, als mein Blick auf das Schlafzimmerfenster fiel. Das Handy glitt mir aus der Hand und landete mit einem scharfen Knacken auf dem Boden. Ich nahm es kaum mehr wahr. Meine ganze Aufmerksamkeit galt dem Fenster. Dort draußen war nichts als friedlicher Sonnenschein und der Nebel, durch den ich stundenlang geirrt war, dieser verfluchte Nebel, der mir so eine Heidenangst eingejagt hatte, war einfach weg. Ich trat näher ans Fenster und blickte fassungslos in einen strahlenden Frühlingsmorgen hinaus.

Wohin war das weiße Zeug in den kaum fünf Minuten verschwunden, seit ich das Haus betreten hatte? Die Welt da draußen sah hell und freundlich aus, nicht einmal eine kleine Wolke trübte das endlose Blau des Himmels. Bedeutete das, dass ich nun gefahrlos nach draußen konnte? Vermutlich. Ich hatte jedenfalls nichts dagegen, möglichst viel Abstand zwischen mich und das Haus zu bringen. Das hier, das war eindeutig ein Fall für die Polizei. Ich bückte mich nach meinem Handy und meine Erleichterung geriet ein klein wenig ins Wanken, als ich mich an das hässliche Knacken erinnerte, mit dem es auf dem Boden gelandet war. So etwas überstanden iPhones selten gut. Als ich es aufhob, entdeckte ich, wie befürchtet, einen hässlichen Sprung, der sich quer über das Display zog. Das Handy blieb dunkel, als ich auf die Tasten drückte. Mist! Dieser Montag hätte einem Freitag dem Dreizehnten alle Ehre gemacht. So wie es aussah, würde mein erster Weg zur Telefonzelle führen.

Ich schlich leise die Treppe hinunter. Selbst die Stufen wirkten frisch gewischt. Definitiv Zeit zu gehen, entschied ich und gab mir Mühe, die Haustür so geräuschlos wie möglich zu öffnen. In Anbetracht der Tatsache, dass ich sie im nächsten Moment mit voller Wucht wieder ins Schloss warf, hätte ich mir die Mühe allerdings sparen können. Ein kurzer Blick nach draußen hatte den Gärtner zu einem meiner kleineren Probleme werden lassen. Der Nebel war zurückgekehrt. Von dem sonnigen Frühlingstag fehlte dort draußen plötzlich wieder jede Spur.

Wie, zum Teufel, war es möglich, dass das weiße Zeug innerhalb von Sekunden wieder aufgetaucht war? Fluchend rannte ich nach oben, stolperte dabei über die Stufen und stieß heftig mit dem Schienbein gegen eine Kante. Ich nahm mir nicht die Zeit, den Schmerz wirken zu lassen, und hastete weiter. Nichts war im Moment so wichtig wie zu wissen, was ich sehen würde, wenn ich noch einmal von der Küche aus auf die Straße blickte. Als ich mich wenige Sekunden später zitternd dem Küchenfenster näherte, bestätigte sich meine Befürchtung. Ein sonniges Hills View breitete sich vor mir aus. Nicht einmal eine einzige, kleine Wolke war am Himmel zu sehen.

Kapitel 5

Als ich die Treppe hinunterging und mir dabei Mühe gab, den Schmerz in meinem Schienbein nicht zu beachten, rasten meine Gedanken. Nebel an, Nebel aus. Wie war so etwas möglich? Das musste … ein Scherz sein! Genau. Ein sehr eigenartiger und sehr schlechter Scherz. Irgendwo dort draußen wurde im Moment bestimmt aufgeregt getuschelt.

Okay Leute, da kommt sie! Dann verstecken wir uns mal. Die Nebelmaschinen stehen schon bereit – das wird sicher lustig!

Aber wer würde eine ganze Stadt in Nebel versinken lassen, nur um mich verzweifelt durch die Straßen laufen zu sehen? Das ergab einfach keinen Sinn. Es musste eine andere Erklärung für das hier geben. Etwas Logisches. Etwas, das ich bis jetzt übersehen hatte. Ich atmete tief durch, öffnete die Haustür noch einmal und blickte hinaus in die dichten Nebelschwaden, die alles jenseits des Gartenzaunes in Ungewissheit hüllten. Diesmal erwartete mich vor der Tür allerdings noch Schlimmeres als nur Nebel. Wenige Meter von mir entfernt befand sich ein dunkler Schatten mitten in meinem Garten. Er war so groß wie ein zusammengekrümmter Mensch – oder wie jemand, der sich gerade zum Sprung bereit machte.

»Hallo? Wer ist da?«, rief ich und gab mir alle Mühe, meine Stimme nicht zittern zu lassen.

Der Schatten verzichtete auf eine Antwort. Langsam, ganz langsam, um es nicht wie eine Flucht aussehen zu lassen, machte ich ein paar Schritte rückwärts. Den dunklen Schemen vor mir ließ ich dabei nicht aus den Augen. Ich tastete nach der Haustür hinter mir, und als ich sie aufdrücken wollte, gab sie kein Stück nach. An diesem Morgen hatten all meine schlimmsten Befürchtungen die unangenehme Tendenz, wahr zu werden. Die Tür war hinter mir ins Schloss gefallen. Wie groß war wohl die Chance, dass mein Besucher höflich warten würde, bis ich den Schlüssel aus meiner Jackentasche gekramt hatte?

»Was wollen Sie von mir?«, fragte ich. Dummerweise klang es nicht ganz so, als hätte ich die Lage vollkommen im Griff.

Bewaffnet. Was, wenn er bewaffnet war? In diesem Nebel könnte er in aller Ruhe ein Messer herausholen und ich würde es erst bemerken, wenn es zur Hälfte in mir steckte.

Ich tat mein Bestes, meine Stimme entschlossen klingen zu lassen. Autoritär. Durch den Nebel konnte er zumindest nicht sehen, wie sehr ich zitterte.

»Heben Sie die Hände hoch! Langsam!«

Keine Bewegung war zu erkennen. Er schien in aller Ruhe zu warten, dass ich näher kam, und damit hatte ich langsam wirklich wenig Möglichkeiten. Ich fasste den Gentleman in meiner Hand fester. Showtime also. Langsam ging ich auf den Schatten zu und der Nebel schien mit jedem meiner Schritte noch dichter zu werden. Worauf wartete er? Vermutlich wäre es keine gute Idee, ihm Zeit zu geben, sich das zu überlegen. Ich hob den Gentleman mit beiden Armen über meinen Kopf und legte meine ganze Kraft in den Schlag hinein. Als der Gentleman mit voller Wucht auf den Schatten vor mir knallte, klang es … metallisch.

Ich ließ den Schirm sinken und meine Gedanken waren ein wildes Durcheinander aus Verwirrung und Erleichterung. Ich hatte tatsächliche zugeschlagen. Damit hätte ich jemanden umbringen können, ohne auch nur sein Gesicht gesehen zu haben. Vorsichtig streckte ich meine Hand nach dem Schatten vor mir aus und stieß auf etwas Warmes, Glattes. Etwas, das leicht vibrierte. Viel mehr konnte ich nicht erkennen, denn der Nebel war immer noch dicht wie Watte. Im Vergleich dazu hatte vorhin auf meinem Weg zum Bahnhof das reinste Schönwetter geherrscht. Ich konnte allerdings schwach das Leuchten eines roten Knopfs erahnen. *Genau wie ein Ausschaltknopf.* Mein Gefühl sagte mir, dass mein Tag nicht schlimmer werden konnte, wenn ich ihn drückte. Ich behielt recht.

In dem Moment, als ich meinen Finger auf den Knopf legte, begann sich der Nebel um mich herum zu lichten. Büsche und ein kleines Stück Straße tauchten langsam aus dem weißen Nichts auf und direkt vor mir schälte sich ein Würfel aus dunklem Metall aus dem Nebel. Fassungslos starrte ich ihn an. Er war fast einen Meter hoch und auf seiner Vorderseite befand sich ein handtellergroßes

Loch. Ich war früher auf genügend Partys gewesen, um zu wissen, was ich hier vor mir hatte: eine Nebelmaschine, kein Zweifel möglich. Das hier war eine von den richtig großen und teuren und die beste Erklärung für das weiße Zeug, die ich mir nur vorstellen konnte. Kein Giftgas. Kein Chemieunfall. Die Erleichterung traf mich wie eine große, warme Welle. Ich kniete eine Weile mit einem breiten Lächeln vor dem schwarzen Kasten und es dauerte überraschend lange, bis ich mich zu fragen begann, was zum Teufel so ein Ding mitten in meinem Vorgarten zu suchen hatte.

War das alles tatsächlich nur ein Scherz? Wenn, dann hatte sich hier jemand richtig viel Mühe gemacht, denn um den ganzen Weg bis zum Bahnhof einzunebeln, musste man Dutzende von diesen Dingern aufgestellt haben. Und dann noch der Aufwand, mein Haus dermaßen auf Hochglanz zu polieren. Wozu das alles? Nur um mir den schlimmsten Morgen aller Zeiten zu bereiten? Nun, jetzt, wo ich die Maschinen entdeckt hatte, würde sich die Sache sicher schnell aufklären. Vermutlich würden jeden Moment meine Nachbarn aus ihren Verstecken hervorspringen und ich konnte sie fragen, ob sie noch ganz bei Trost waren, mir den Schrecken meines Lebens einzujagen. Himmel, bei so einer Aktion war selbst 28 nicht zu jung für einen Herzinfarkt! Kopfschüttelnd ging ich zurück ins Haus.

Vom Küchenfenster aus sah Hills View nach wie vor sonnig aus und ich machte es mir mit meiner Kaffeetasse auf der Fensterbank gemütlich, während ich darauf wartete, dass sich die Witzbolde melden würden. Das war eindeutig ein Morgen für mehr als eine Tasse Kaffee, entschied ich, und griff nach der Kanne, um mir nachzuschenken. In diesem Moment sah ich aus dem Augenwinkel etwas auf der Fensterbank auftauchen, das alles änderte. Eine zweite Tasse Kaffee. Frisch und duftend. Aus dem Nichts. Ich starrte sie fassungslos an und wagte nicht, sie zu berühren. Noch einen Moment zuvor war das Fensterbrett leer gewesen und im nächsten stand diese Tasse da und roch eindeutig nach Kaffee. Vorsichtig streckte ich die Hand danach aus. Würde sie wieder verschwinden? Oder sich fest anfühlen? Beides wäre nicht sonderlich beruhigend. Die Medizinerin in mir hatte eine Menge Vermutungen, was hier vor sich ging. Halluzinationen. Ein Schädel-Hirn-Trauma von der blödsinnigen Aktion mit der Haustür der Bedfields. Oder – und das war das Naheliegendste – vielleicht enthielt das weiße Zeug dort draußen ein Halluzinogen. Etwas, das mich penible Ordnung und Kaffeetassen sehen ließ, wo gar keine waren. Und vielleicht auch riesige Nebelmaschinen.

Vorsichtig hob ich die Tasse hoch. Sie fühlte sich vollkommen unschuldig und normal an, was allerdings nichts daran änderte, dass sie vermutlich gar nicht existierte. Das war nicht die Art von Gedanken, mit denen man allein sein sollte. Ich brauchte dringend Hilfe! Aber wie sollte ich sie mir beschaffen? Mein Handy war Geschichte, und wer wusste, was ich mir auf dem Weg zur nächsten Telefonzelle noch alles einbilden würde, wenn ich das weiße Zeug weiter einatmete? Vermutlich würde ich dort draußen wie Don Quichotte mit dem Gentleman gegen Windmühlen kämpfen. Nein, am besten war ich hier im Haus aufgehoben – zumindest, wenn ich mich nun zusammennahm und die Fenster abdichtete, solange ich noch dazu fähig war.

Wenige Minuten später hatte ich in den Küchenschubladen etwas Klebeband und ein paar Tücher gefunden. Nicht genug, um damit ein ganzes Haus abzudichten, aber zumindest für das Wohnzimmer sollte es reichen. Ich war gerade dabei, das erste Fenster in Angriff zu nehmen, als ich das Posteingangssignal meines Laptops hörte. Ich hätte schwören können, dass ich ihn gestern Abend heruntergefahren hatte, aber auf meine Erinnerung war im Moment wohl nicht besonders viel Verlass. Der Bildschirm war hell erleuchtet. Was war mit dem Bildschirmschoner passiert, der sich eigentlich nach ein paar Minuten aktivieren sollte? Hatte … hatte ich daran etwas verstellt? Langsam griff ich nach der Maus, versuchte die Kaffeetasse auf dem Fensterbrett daneben nicht zu beachten, und öffnete meine Inbox. Nur eine einzige neue Nachricht, und das war ebenfalls ungewöhnlich. Normalerweise waren es jeden Morgen mindestens ein Dutzend, doch an diesem Morgen schienen alle meine Newsletter mich vergessen zu haben. Selbst der vom British Medical Journal. Nur eine einzige Nachricht also, und der Absender war mein Arbeitgeber Econ Labs. Es war die erste Mail, die sie mir an meine private E-Mail-Adresse geschickt hatten, und als ich die Nachricht zu lesen begann, wurde mir klar, dass es heute wohl für eine ganze Menge Dinge das erste Mal sein würde.

An: Sarah Berger
Von: Econ Labs Corp, Abteilung für Zukunftssicherheit

Hallo Sarah,
der Transfer in deine virtuelle Arbeitsumgebung ist abgeschlossen. Du befindest dich nun in einer an deine Bedürfnisse angepassten Simulation, die optimale Konzentration und Effizienz sicherstellt. Das Programm läuft stabil mit folgenden Parametern:

nächster Arbeitsauftrag: 9 Uhr
Gedankenprojektion: aktiv

Ich las die Nachricht noch ein zweites Mal, dann griff ich langsam nach der Kaffeetasse auf dem Fensterbrett und betrachtete sie im hellen Sonnenlicht. Dass ich dabei so sehr zitterte, dass ich einen guten Teil des Kaffees verschüttete, bemerkte ich kaum. Eine Simulation. Ein Programm. Das war … natürlich eine Erklärung für den Wahnsinn dieses Morgens. Was ich mir allerdings nicht erklären konnte, war, wie zum Teufel ich hier reingeraten war. Oder warum.

Kapitel 6

Ich lief auf und ab, ließ mich frustriert in den Sessel fallen und setzte dann, unterbrochen von ein paar kräftigen Flüchen, wieder meine Runden durch das Wohnzimmer fort. Vor allem aber wartete ich darauf, dass irgendjemand auch nur eine der E-Mails beantworten würde, die ich innerhalb der letzten Stunde an Econ Labs geschickt hatte. Höfliche Bitten, mir das Ganze zu erklären. Und weniger höfliche. Bisher hatte sich niemand die Mühe gemacht, mir auf irgendetwas davon zu antworten, und ich war mit jeder Menge beunruhigender Gedanken allein.

Entführung. Einfach so. Durch eine Firma, die an regnerischen Tagen Warnschilder mit »Rutschgefahr« auf dem Mitarbeiterparkplatz aufstellte und wegen der Verbrühungsgefahr nur bestenfalls lauwarmen Kaffee in der Kantine ausschenkte. Es ergab einfach keinen Sinn. Econ Labs war ein medizinischer Forschungskonzern, nicht die Mafia. Allein die Einverständniserklärung für die jährliche Grippeimpfung war ein vierseitiges Formular und nun war ein wenig Freiheitsberaubung plötzlich keine große Sache mehr?

Seltsamerweise konnte ich mich nicht einmal daran erinnern, in das Programm eingestiegen zu sein. An kein Virtual-Reality-Labor, nicht daran, an eines dieser Interfaces angeschlossen worden zu sein – einfach an gar nichts.

Wann hatten sie mich hier reingesteckt? Und, viel wichtiger noch, wie konnte ich das Programm beenden?

Während ich ruhelos in meinem Wohnzimmer auf und ab lief, knarrten die Dielen an den genau richtigen Stellen unter meinen Füßen. Beeindruckend. Und vor allem auch ziemlich beunruhigend. Woher wusste Econ Labs so viel über mein Haus? Selbst den Geruch hatten sie perfekt hinbekommen. Die Orangen auf dem Küchentisch, der frische Kaffee – das hier spielte in einer ganz anderen Liga als die Simulationsspiele, die ich kannte. So viele Details! Waren sie heimlich durch mein Haus gelaufen, um das Knarren jedes Holzbretts zu verzeichnen? Es war wirklich an der Zeit für ein paar Antworten.

Mein Posteingang zeigte immer noch keine neue Nachricht an, aber bestimmt wurde ich hier beobachtet. Niemand würde so viel Aufwand treiben, ohne die Labormaus dabei im Auge zu behalten. Ich warf der Decke über mir einen finsteren Blick zu.

»Hallo? Könnt ihr mich hören? Irgendjemand?«

Niemand antwortete mir. Dachten sie tatsächlich, ich würde hier einfach geduldig sitzen bleiben, bis sie sich wieder meldeten? Nun, ich war an diesem Morgen bereit gewesen, mich mit Giftgaskatastrophen und wahnsinnigen Gärtnern herumzuschlagen. Ein paar übereifrigen Programmierern gegenüber würde ich nicht so schnell klein beigeben. So ein Programm musste sich doch abbrechen lassen. Ich ging davon aus, dass der Schlüssel dazu mein Laptop war. Er schien hier schließlich die einzige Verbindung nach draußen zu sein.

Entschlossen begann ich, ihn zu durchforsten, und musste schon nach wenigen Augenblicken erkennen, dass ich damit in einer Sackgasse wie im Bilderbuch gelandet war. Nur mehr eine Handvoll Programme befanden sich auf ihm. Das E-Mail-Programm, meine Tabellenkalkulation, mein Schreibprogramm, ein ziemlich langweiliges Kartenspiel – das war's. Selbst mein Internetbrowser war verschwunden. Wie es aussah, hatte diese Abteilung für Zukunfts-was-auch-immer nicht vor, mich so einfach Kontakt nach draußen aufnehmen zu lassen.

Ich tippte auf gut Glück ein paar Varianten von »Stopp, aus, Ende« auf der Tastatur, aber das bewirkte genauso wenig wie mein Versuch, den Laptop einfach runterzufahren. Diese verflixte Simulation ließ sich einfach nicht ausschalten.

Suchend blickte ich mich im Wohnzimmer um. Was könnten die Programmierer hier als Steuerung eingebaut haben? Vielleicht ... vielleicht eine Sprachsteuerung. Ja, das sollte bei so einem hoch entwickelten Programm eigentlich zu erwarten sein.

»Exit! ... Programm beenden! ... Notausgang!«

Was war nur das verfluchte Passwort, um hier rauszukommen?

»Ausgang! ... Abbruch! ... Sesam öffne dich?«

Okay, jetzt wurde es lächerlich. Vermutlich lachten sich dort draußen nun ein paar gelangweilte Programmierer halb tot über mich.

Der Stundenzeiger der Wanduhr näherten sich quälend langsam der Neun. Wenn sie richtig ging, dann würde ich noch eine halbe Stunde auf diesen Arbeitsauftrag warten müssen, der mir hoffentlich verraten würde, was die Jungs von der Zukunftssicherungsabteilung mit mir vorhatten. Kontrollierte Arbeitsumgebung – was für eine schwachsinnige Idee. Diese stille, leere Welt war definitiv nicht der Ort, an dem ich zur Höchstform auflaufen würde. Ganz abgesehen davon, dass ich nicht vorhatte mitzuspielen.

Ich öffnete meinen Laptop und las mir noch einmal die E-Mail von Econ Labs durch. »Gedankenprojektion: aktiv«, hatten sie geschrieben. Gedanken. Projektor. Was meinten sie damit? Ein Projektor ließ Bilder erscheinen. Konnte ich das? Mit meinen Gedanken? Das würde natürlich die Kaffeetasse erklären. Und im Grunde genommen auch die Nebelmaschine, denn hatte ich nicht genau daran gedacht, als ich die Haustür geöffnet hatte? Ich konnte wohl von Glück sagen, dass ich mich dort draußen nicht weiter mit den nach mir greifenden Birken beschäftigt hatte. Eilig verscheuchte ich den Gedanken und konzentrierte mich stattdessen auf etwas ganz anderes. Ich schloss die Augen, um es mir möglichst genau vorzustellen.

Als ich sie wieder öffnete, stand die Tür genau dort, wo ich sie haben wollte. Mitten in meinem Wohnzimmer, nur ein paar Schritte entfernt. Über ihr leuchtete ein wundervolles »Exit«-Zeichen in Neongrün. Perfekt. Mit einem breiten Lächeln griff ich nach der Türschnalle. Diese Verrückten konnten sich nun auf ein paar Beschwerden gefasst machen, die ich ihnen gleich höchstpersönlich überbringen würde. Ich konnte durch meinen brandneuen Notausgang auf die andere Seite des Wohnzimmers sehen und nichts anderes hatte ich erwartet. Die Simulation lief schließlich noch. Vorsichtig setzte ich einen Fuß über die Schwelle. Kein Kribbeln. Auch nicht der leichte Schwindel, den ich vom Ausstieg aus den Simulationsspielen kannte. Entschlossen trat ich hindurch – und fand mich immer noch in meinem Wohnzimmer.

Wie es schien, war das Programm nur gewillt, sich auf einen Teil meiner Idee einzulassen. Ich warf einen wütenden Blick Richtung Zimmerdecke, ließ die Tür verschwinden und versuchte, möglichst würdevoll zu meinem Schreibtisch zurückzugehen. Zumindest bot ich ihnen hier wohl eine richtig gute Show. Als ich in diesem Moment das Posteingangssignal meines Laptops hörte, besserte sich meine Laune allerdings augenblicklich. Wie es aussah, hatte dort draußen langsam doch jemand Mitleid mit mir.

An: Sarah Berger
Von: Econ Labs Corp, Abteilung für Zukunftssicherheit

Ein Abbruch der Simulation ist nicht vorgesehen. Geringe Erinnerungsverluste sind beim Transfer möglich und kein Grund zur Beunruhigung. Falls du dich an deine Zustimmung zu diesem Projekt nicht erinnern kannst, findest du eine Dokumentation im Anhang.

Ob das hier tatsächlich »kein Grund zur Beunruhigung« war, hätte ich sie zu gern selbst ausprobieren lassen. Zum Beispiel, nachdem sie wie ich den halben Morgen durch unerklärlichen Nebel gelaufen waren. In einer ausgestorbenen, totenstillen Stadt.

Viel mehr interessierte mich allerdings der Anhang. Meine Zustimmung? Ich hatte diesem ganzen Wahnsinn zugestimmt? Und das hatten sie schriftlich? Ich öffnete den Anhang mit einer gehörigen Portion Misstrauen. Es war nicht, wie erwartet, ein Dokument. Es war ein Video.

Zwei Mausklicks später füllte es den Bildschirm und ich sah mich selbst an einem Schreibtisch sitzen, dem Standardmodell, das in so ziemlich jedem Büro von Econ Labs zu finden war. An genau so einem Tisch hatte ich unzählige Male gesessen – aber an diese Aufnahme konnte ich mich nicht erinnern. Rechts unten war das Firmenlogo eingeblendet und das Ganze sah ziemlich offiziell aus.

»Ich stimme hiermit dem Transfer in eine virtuelle Arbeitsumgebung zu und freue mich, beim Projekt ›Zukunftssicherheit‹ mitmachen zu können«, erklärte ich in der Aufnahme mit fester Stimme. Dann lächelte ich direkt in die Kamera, so als wäre es mir vollkommen egal, in was ich mich gerade hineingeritten hatte.

An dieser Stelle endete die Übertragung und der Bildschirm wurde schwarz. Mein eigenes, verwirrtes Gesicht spiegelte sich im dunklen Display wider und sah im Vergleich zu der selbstbewussten Sarah Berger aus dem Video ziemlich erbärmlich aus.

Was hatte ich mir nur dabei gedacht? Was war das hier für ein Projekt? Ich hatte wohl wirklich eine gewaltige Gedächtnislücke. War das der »Erinnerungsverlust«, von dem die E-Mail berichtete? Dieses Gefühl von Watte in meinem Kopf heute Morgen …

Meine Gedanken wurden vom Posteingangston meines Laptops unterbrochen. Erst schwiegen sie eisern und jetzt konnten sie nicht genug von mir bekommen? Die Kollegen hatten wirklich Sinn für Humor.

An: Sarah Berger
Von: Econ Labs Corp, Abteilung für Zukunftssicherheit

Alle notwendigen Daten für deinen Arbeitsauftrag befinden sich nun auf deinem Laptop. Abgabetermin ist 17 Uhr.

Ich sollte mich jetzt also einfach an die Arbeit machen? So, als wäre das hier ein ganz normaler Arbeitstag? War das ein psychologisches Experiment? Es musste auf jeden Fall etwas sein, das den verrückten Aufwand rechtfertigte, eine ganze Stadt bis ins letzte Detail nachzubilden. Und was wollten sie von mir? Ich war Ärztin. Zugegeben, gut darin, für jede Menge ausgefallenes Zeug ein Heilmittel zu finden, aber es war nicht so, als hätte ich die Fähigkeit, goldene Eier zu legen.

Zumindest machten sie es mir einfach, den Auftrag zu finden. Auf meinem Desktop war nun ein Programm namens »Labor« erschienen, und als ich es öffnete, füllte sich mein Bildschirm mit einer Reihe von Laborergebnissen. Den Titel hatten sie ja schon einmal sehr treffend gewählt. Das Ganze sah nach einem Arzneimitteltest aus, meinem täglichen Brot, und die Software war fast vollkommen identisch mit der, die ich sonst für meine Forschungsprojekte benutzte. Bis auf … bis auf den Menüpunkt »Daten sammeln«. Eine Webcam, nein, eine ganze Reihe von Webcams standen mir hier zur Verfügung und sie zeigten aus allen möglichen Blickwinkeln das gleiche Labor. Es war mehr als nur großzügig ausgestattet. MIT. Boston. Ich kannte eine Menge Forschungseinrichtungen, aber das hier stellte alles in den Schatten: ein Nanoskop mit einer beeindruckenden Auflösung, ein Tesla MRT und Laborroboter, die über mehr Funktionen verfügten, als ich bisher für möglich gehalten hatte, und all das konnte ich von hier aus mit wenigen Mausklicks steuern. Ich überflog den Rest der Daten. Es schien, als sollte ich eine Reihe von Wirkstoffen testen und optimieren. Nicht gerade Routine – von einigen der Inhaltsstoffe hatte ich noch nie gehört –, aber auch nichts, was ich nicht schaffen konnte.

Schon nach wenigen Minuten hatte ich die ersten Kulturen mit Bakterienstämmen angelegt. Es fiel mir schwer, mir das einzugestehen, aber ich konnte es kaum abwarten, mit dem Labor einen kleinen Testlauf zu machen.

Kapitel 7

Als ich knapp fünf Stunden später meinen Endbericht an Econ Labs abschickte, geschah – nichts. Keine Fanfaren, kein »Gut gemacht«: nichts. Langsam stand ich vom Schreibtisch auf und blickte mich unschlüssig in meinem Wohnzimmer um. Was sollte ich mit meinen letzten Minuten hier anstellen?

Mein Blick fiel auf die Kaffeetasse. Sie war immer noch warm und duftete verführerisch. Warum nicht? Vorsichtig nahm ich einen Schluck. Der Geschmack war unglaublich. Die Jungs von der Zukunftssicherung hatten sich bei diesen Details wirklich ins Zeug gelegt. Wäre es nicht ein Verbrechen, das nicht zu würdigen?

Ich schloss die Augen und kurze Zeit später war mein Esstisch beladen mit Kokoscremesuppe, wie in dem kleinen Lokal am See, in dem Nikolai und ich meinen Geburtstag gefeiert hatten, Thanksgiving-Truthahn nach dem Rezept meiner Mutter und, um die Gelegenheit zu nutzen, noch ein Eisbecher. Komplett, mit Kirsche und Schirmchen. Es duftete köstlich und schmeckte sogar noch besser. Wirklich beeindruckend. Ich musste an die Märchen meiner Kindheit denken: »Tischlein, deck dich« und »Das Märchen vom Schlaraffenland«. Als ich schließlich mit einer Auswahl Pralinen an meinen Schreibtisch zurückkehrte, fühlte ich mich fast bereit, den Kollegen draußen meine Odyssee durch den Nebel zu verzeihen.

In meinem Posteingang befand sich immer noch keine neue Nachricht, aber mit einem Teller feinster Schokoladendelikatessen neben mir hatte ich gegen ein wenig Wartezeit nichts einzuwenden. Ich griff nach einem Erdnuss-Erdbeercreme-Häppchen und entschied mich, die Gelegenheit zu nutzen, noch ein wenig mit dem Labor herumzuspielen. Als ich auf den Bildschirm blickte, sank meine gute Laune allerdings augenblicklich. Das Laborprogramm war verschwunden. Einfach weg.

Es überraschte mich nicht, dass Econ Labs meinen Laptop kontrollieren konnte, aber warum hatten sie das Programm verschwinden lassen? Bedeutete das nun Feierabend für mich? Und auch für alle dort draußen?

Langsam legte ich die Praline zurück auf den Teller. Hatten sie mich hier drin einfach vergessen? Sich meinen Abschlussbericht geschnappt und beschlossen, die Sache feiern zu gehen – ohne sich zu überlegen, wer für mich zuständig war? Möglich, denn der Punkt »Sarah Berger auf dem Laufenden halten« war ja schon heute Morgen ziemlich unter den Tisch gefallen, als sie mich stundenlang durch den Nebel hatten irren lassen. Ein Haufen Techniker, der sich intensiv Gedanken um den richtigen Soundeffekt meiner Dielen machte und zugleich übersah, dass ich hier drin ständig am Rande einer Panikattacke balancierte.

Ich schloss den Laptop ein wenig zu fest und stand auf. Der Appetit auf Schokolade war mir gründlich vergangen.

Ich trat ans Fenster und blickte auf das sonnige Hills View. Wirklich jedes Detail war so, wie ich es in Erinnerung hatte. Sogar unser Postkasten war etwas verbeult, dort, wo der kleine Billy Meyer letzte Woche mit seinem Skateboard dagegengekracht war. Im Moment war der Briefkasten allerdings sicher vor weiteren Attacken, denn dort draußen gab es weder spielende Kinder noch sonst etwas, das die Ruhe störte. Nicht ein einziges Vogelzwitschern war zu hören … aber das ließ sich ja vielleicht ändern.

Ich schloss die Augen und dachte an Grünfinken. Gespannt blickte ich auf die Bäume vor meinem Fenster: kein Zwitschern, kein Flügelschlagen, einfach nur Stille. Vielleicht waren Grünfinken zu speziell für das Programm. Ich schloss die Augen und versuchte mich an ganz gewöhnlichen Tauben. Nichts. Hunde? Eine Katze? Nichts. Keine Tiere also.

Ich schloss noch einmal die Augen und dachte an Bäume. An einen zartrosa blühenden Kirschbaum … und gleich daneben eine majestätische, alte Kastanie. Die hatte ich als Kind geliebt.

Noch bevor ich die Augen wieder öffnete, konnte ich bereits den Kirschbaum riechen. Er stand in voller Blüte.

Ich beschäftigte mich eine Weile damit, vor meinem Fenster einen kleinen Wald entstehen zu lassen, und ersetzte ihn dann, mutiger geworden, durch eine lavendelfarbene Blumenwiese, die der Provence alle Ehre gemacht hätte. Das zarte Lila erstreckte sich bis zum Horizont und sogar die Häuser der Nachbarn waren nun verschwunden. Etwas an diesen Feldern ließ mich allerdings zögern, einfach vor die Tür zu gehen. Sie waren zu … zu … still. Alles war wie erstarrt. Dort draußen herrschte die absolute Ruhe einer toten Welt. Je länger ich hier am Fenster stand und versuchte, ihr etwas Leben einzuhauchen, desto mehr schien diese Stille nach meinem Innersten greifen zu wollen.

Ich schüttelte den Kopf. Keine gute Idee, an so etwas zu denken. Nicht an einem Ort, an dem Gedanken in Sekundenschnelle Gestalt annehmen konnten. Ich gab mir Mühe, an etwas anderes zu denken. Rosen. Ja, das war gut. Ich ließ ein paar duftende Rosensträucher mitten im Lavendel erscheinen und hielt dann inne. Diese Sträucher waren … riesig. Hatte ich mir das wirklich so vorgestellt? Groß genug, damit dahinter etwas … nein, nicht daran denken. Hatte sich dort draußen eben ein Ast bewegt? Es war überraschend schwer, solche Gedanken zu vermeiden, wenn man erst einmal in Fahrt war.

Eilig kehrte ich dem Fenster den Rücken zu, schloss die Augen und dachte an etwas, das mir helfen würde, die Dinge nicht außer Kontrolle geraten zu lassen.

Ein spektakulär großer Fernseher erschien völlig lautlos. Er war genau so, wie ich ihn mir vorgestellt hatte, und ersetzte mein altes, bescheidenes Modell. Ich ergänzte das Ganze noch mit einer Designercouch aus feinstem Nappaleder – so weich, wie nur möglich – und machte mich bereit für meinen – wenn auch etwas einsamen – Feierabend.

Als ich mich in die weichen Polster sinken ließ und die Fernbedienung mit einem schnellen Gedanken in meiner Hand erschien, fiel mir die Vorstellung, die Nacht hier verbringen zu müssen, nicht mehr ganz so schwer – allerdings nur, bis ich begann, mich durch das Programm zu schalten.

Es war wie ein schlechter Scherz. Womit konnte man jemandem, der einen ziemlich großartigen Fernseher und jede Menge Zeit zur Verfügung hatte, die ganze Sache vermiesen? Wiederholungen. Jede Menge davon. Genau wie im Haus der Bedfields bestand das Fernsehprogramm ausschließlich aus Filmen, an die ich mich erinnern konnte, und beim Versuch, mich auf irgendetwas Neues zu konzentrieren, blieb der Bildschirm unerbittlich schwarz. Wie es aussah, konnte ich nur erscheinen lassen, was ich bereits kannte. Ich war hier definitiv nur die Göttin der kleinen Dinge.

Erschöpft lehnte ich mich auf der Couch zurück und begann zu planen, mit welchen Worten ich morgen früh einer Menge Leuten den Kopf abreißen würde. Ich schloss einen Moment lang die Augen, und als ich sie wieder öffnete …

… befand ich mich in meinem Bett. Ich blinzelte verwirrt in die hellen Sonnenstrahlen. Wo war die Couch? Wie war ich hierhergekommen? War ich eingeschlafen? Wie war so etwas möglich in einer Simulation? Ich brauchte dringend einen …

… und im nächsten Moment hielt ich eine dampfende Tasse Kaffee in der Hand. Es geschah so plötzlich, dass ich sie nicht richtig zu fassen bekam und mir ein wenig von dem kochend heißen Zeug über mein Bein schüttete. Es brannte wie der Teufel. Moment mal – Schmerz? Wer war nur auf die Idee gekommen, hier so etwas einzubauen? Ich ließ die Tasse auf dem Nachttisch stehen und stapfte missmutig ins Wohnzimmer.

Hier war keine Spur mehr von meinen Ablenkungsversuchen zu sehen. Keine Couch, kein neuer Fernseher, und auch die Pralinen waren verschwunden. Mich interessierten allerdings viel mehr die Zeiger der großen Wanduhr, die Nikolai und ich von unserer ersten Reise nach Paris mitgebracht hatten. Es war kurz nach sechs und damit fast zehn Stunden später als vor – ich hätte schwören können, fünf Minuten. Ich war wohl tatsächlich eingeschlafen und das hier war der nächste Morgen.

Wie ein Schiffbrüchiger auf der Suche nach Land griff ich nach dem Laptop. Wenn ich Glück hatte, gab es in der Abteilung für Zukunftssicherheit Frühaufsteher. Als sich der Posteingang öffnete, fand ich allerdings keine neue Nachricht. Die E-Mails, die ich gestern erhalten hatte, waren ebenfalls verschwunden. Wie es schien, hatte mein Hills View über Nacht einen sauberen Neustart hingelegt. War das eine automatisierte Funktion? Oder ein Hinweis, dass sie vorhatten, mich noch länger hier drin zu lassen? War das ihre Art, den Käfig zu reinigen, damit alles bereit war für einen weiteren Tag voller Experimente? *Nicht mit mir, Jungs! Nicht mit mir!*

Entschlossen schrieb ich ein paar Zeilen an diese Abteilung für Zukunftsschwachsinn. Die gute alte Floskel »verflucht noch mal« verwendete ich dabei eher großzügig.

Da sie mich vermutlich wieder auf eine Antwort warten lassen würden, entschied ich, dem Kaffee noch eine zweite

Chance zu geben. Diesmal war ich auf das Auftauchen der Tasse in meiner Hand vorbereitet und der erste Schluck versöhnte mich wieder ein wenig mit dieser Welt. Er war genau wie der Cappuccino, den Nikolai und ich letzten Sommer in einem kleinen Café am Place de la Trompe getrunken hatten. Ob Nikolai wusste, dass ich hier war? Wenn ich ihm doch nur eine Nachricht schicken könnte! Mit einem zerbrochenen Handy, das noch dazu nur eine Simulation war, hatte ich natürlich schlechte Chancen. Der einzige Draht nach draußen schien mein Laptop zu sein, und … und … und warum hatte ich nicht schon längst daran gedacht? Wenn ich Nachrichten an die Abteilung für Zukunftssicherheit schicken konnte, dann vielleicht auch an andere E-Mail-Adressen.

Exakt zwei Minuten später warf ich die Kaffeetasse an die verdammte virtuelle Wand. Als ich Nikolais E-Mail-Adresse eingegeben hatte, war nichts als eine Fehlermeldung erschienen:

An: Sarah Berger
Von: Econ Labs Corp, Abteilung für Zukunftssicherheit

Verbindung nicht autorisiert

Grimmig betrachtete ich den Kaffeefleck vor mir, verfluchte jeden einzelnen Mitarbeiter dieser Abteilung für Zukunftssicherheit und versuchte mich damit abzufinden, dass ich hier wohl bis neun Uhr festsitzen würde. Spätestens dann würden die Büros von Econ Labs voller

Kollegen sein und Nikolai würde durch die Gänge stapfen und ihnen allen die Hölle heißmachen. Selbst wenn er anfangs gedacht hatte, dass ich die Nacht im Labor verbracht hatte, war ihm nun bestimmt klar, dass etwas nicht in Ordnung war. Mich dabei so überhaupt nicht zu melden, war einfach nichts, was ich normalerweise tun würde.

Während ich ungeduldig den Monitor im Auge behielt, malte ich mir aus, wie Nikolai den Zuständigen für all diesen Mist hinter seinem Schreibtisch hervorholte. Wenn er herausfand, was passiert war, würde mein Mann wohl mehr als nur nachdrücklich sein.

Als ich das nächste Mal auf die Uhr blickte, waren es noch vierzig

Minuten bis neun. Immer noch keine Nachricht von Econ Labs.

Dreißig Minuten. Der Kaffeefleck begann langsam zu trocknen und ich hätte diese Liebe zum Detail hier erneut bewundert, wenn ich mich nicht so unglaublich hilflos gefühlt hätte.

Noch zwanzig Minuten. Nichts rührte sich auf meinem Monitor, aber ich hatte das Gefühl, beinahe schon Nikolais Schritte zu hören, mit denen er entschlossen durch die Büros von Econ Labs stürmte.

Zehn Minuten noch. Stoisch starrte ich weiter auf den Bildschirm.

Punkt neun. Und – eine neue Nachricht. Mit zitternden Händen öffnete ich die Mail und stellte fest, dass es tatsächlich möglich war, dass meine Laune noch weiter sank.

An: Sarah Berger
Von: Econ Labs Corp, Abteilung für Zukunftssicherheit

Alle notwendigen Daten für deinen Arbeitsauftrag befinden sich nun auf deinem Laptop. Abgabetermin ist 17 Uhr.

»Euch auch einen verfluchten guten Morgen, Jungs!«, erklärte ich der Decke über mir. Nur für den Fall, dass mir jemand zuhörte. Wie lange wollten sie dieses Spielchen noch mit mir spielen? Aber immerhin – in diesem Moment saß definitiv jemand am anderen Ende der Leitung. Eilig begann ich zu tippen:

An: Econ Labs Corp, Abteilung für Zukunftssicherheit
Von: Sarah Berger

Noch ein Auftrag? Was soll das? Ich will raus!

Zugegeben, nicht besonders schlagfertig, aber viel mehr gaben meine zitternden Hände in diesem Moment nicht her. Die Kollegen aus der Zukunftssicherung ließen mir allerdings jede Menge Zeit, mich wieder zu beruhigen. Mein Laptop blieb still.

Minuten vergingen.

Wurden zu Stunden.

Was, zum Teufel, machten sie dort draußen, statt mir endlich zu antworten? Und was hatten sie Nikolai erzählt?

Kapitel 8

Es wurde ein langer Tag. Lange genug, um die Welt vor meinem Fenster noch einmal in einen Wald zu verwandeln. Und dann, um wie jeder gute Künstler meine Gefühle in mein Werk zu legen, in eine Wüstenlandschaft. Den Rest der Zeit verbrachte ich damit, diesen ewigen Frühlingsmorgen zu verfluchen, der niemals damit aufhörte, ein Morgen zu sein. Die Sonne hatte sich die ganze Zeit über kein Stück am Himmel bewegt und stand immer noch tief im Osten. Ein ewiger Frühlingstag, der mir langsam so gewaltig auf die Nerven ging wie der ganze Rest.

Immerhin musste ich nicht bis zum nächsten Morgen warten, um wieder etwas von Econ Labs zu hören. Um exakt 17 Uhr tauchte eine neue Nachricht auf meinem Bildschirm auf:

An: Sarah Berger
Von: Econ Labs Corp, Abteilung für Zukunftssicherheit

Wir haben keinen Abschlussbericht erhalten. Bitte übermittle den momentanen Fortschritt deines Auftrags.

Oh nein, Jungs, so nicht! Ihr seid mir erst mal ein paar Antworten schuldig. Eilig, bevor sie vielleicht wieder in den Feierabend verschwanden, begann ich zu schreiben:

Ich werde die Arbeit erst aufnehmen, wenn ich eine Antwort auf meine letzte Mail erhalten habe. Wie lange soll das hier dauern?

Hätte ich etwas von »Freiheitsberaubung« schreiben sollen? Ihnen damit drohen, dass ich mir einen Anwalt nehmen würde? Aber was, wenn ich hier tatsächlich freiwillig an Bord war? Nun, wie es schien, waren sie jetzt zumindest bereit für eine Antwort. Eine neue Mail erschien in meiner Inbox, und das viel schneller als gedacht. *Zu schnell*, meinte eine leise Stimme in mir, aber ich schob den Gedanken beiseite und konzentrierte mich auf die Zeilen, die nun auf meinem Bildschirm erschienen.

Von: Econ Labs Corp, Abteilung für Zukunftssicherheit
An: Sarah Berger

Ein Abbruch der Simulation ist nicht vorgesehen. Geringe Erinnerungsverluste sind beim Transfer möglich und kein Grund zur Beunruhigung. Falls du dich an deine Zustimmung zu diesem Projekt nicht erinnern kannst, findest du eine Dokumentation im Anhang.

Es war genau die gleiche Mail, die sie mir am Tag zuvor schon geschickt hatten. Eine automatisierte Antwort.

Unterhielt ich mich hier mit dem Anrufbeantworter? Und was meinten sie mit »Ein Abbruch ist nicht vorgesehen«? Wann zum Teufel hatten sie vor, mich hier wieder rauszulassen? Ich würde …

… ich musste …

… mich am Schreibtisch festhalten.

Dunkelheit. Bis auf das schwache Schimmern meines Laptops war meine Welt in tiefem Schwarz versunken. Der Lichtschein des Monitors reichte gerade bis zum Rand des Schreibtischs und vom Rest meines Wohnzimmers war nicht einmal mehr ein schwacher Schatten zu sehen. Viel schlimmer war allerdings das Gefühl, dass meine Füße im Leeren baumelten. Dort, wo sie eben noch auf weichem Teppichboden gestanden hatten, war nun nichts mehr. Vorsichtig streckte ich den rechten Fuß ein wenig aus und tastete nach dem Boden. Immer noch nichts. Meine Hände krampften sich um die Kante des Tisches. Was würde passieren, wenn ich abrutschte? Eilig setzte ich mich wieder sehr gerade hin, ohne die Tischkante loszulassen. Es war, als würde ich mitsamt dem Sessel und dem Schreibtisch in der Dunkelheit schweben. Das hier fühlte sich an wie einer meiner schlimmsten Albträume. Dunkelheit hatte mir immer schon Angst gemacht und dieser Abgrund trug nicht gerade dazu bei, mich mit ihr anzufreunden.

Vielleicht handelte es sich um eine Fehlfunktion. Etwas, das gleich behoben werden würde. Ich versuchte, mich auf den Monitor vor mir zu konzentrieren, aber die Dunkelheit schien von allen Seiten nach mir zu greifen. Darin konnte alles sein. All das, woran ich jetzt auf keinen Fall denken durfte. Ich schloss die Augen und versuchte mich auf mein Wohnzimmer zu konzentrieren. Das war meine Simulation. Ich konnte sie kontrollieren. Alles, was ich tun musste, war ruhig bleiben. Ruhig bleiben und an das helle Holz des Bodens denken. An den Teppich, der hier einen Augenblick zuvor noch gelegen hatte. Vorsichtig tastete ich mit meiner Fußspitze danach, jedoch ohne Erfolg. Da war kein Teppich. Kein Boden. Einfach nur nichts.

Als ich im nächsten Moment das sanfte »Pling« meines Posteingangs hörte, kam es mir wie das wundervollste, großartigste Geräusch überhaupt vor. Zumindest etwas funktionierte noch. Und sie hatten mich nicht vergessen. Hatten nicht vor, mich hier einfach so sitzen zu lassen. Als ich nach der Tastatur griff, zitterten meine Hände noch immer so sehr, dass ich ganze drei Anläufe brauchte, um den Posteingang zu öffnen.

An: Sarah Berger
Von: Econ Labs Corp, Abteilung für Zukunftssicherheit

Um Ablenkungen zu vermeiden, wird die Umgebung bis zum Abschluss des Arbeitsauftrags auf ein Minimum reduziert.

Sie wollten also ernsthaft, dass ich den Arbeitsauftrag so fertigstellte? Mit einem bodenlosen Abgrund um mich herum? Vermutlich war es Voraussetzung, Psychopath zu sein, um in dieser Abteilung arbeiten zu können.

Ich griff nach dem erstbesten Stift und ließ ihn neben mir in das Dunkel fallen. Wartete. Und wartete. Kein Aufprall war zu hören. Sie machten wirklich keine halben Sachen, die Jungs von Econ Labs. Ich konnte nur hoffen, dass sie wussten, wie gefährlich so etwas war. Das hier war zwar nur eine Simulation, aber ich hatte schon von Fällen gehört, in denen simulierte Unfälle tödlich endeten. Sobald das Gehirn überzeugt war, in Todesgefahr zu schweben, kurbelte es die Adrenalinausschüttung auf Hochtouren an und manchmal war das mehr, als das Herz verkraften konnte.

Ich hatte in diesem Moment jedenfalls wenig Lust, das selbst auszuprobieren, und öffnete das Laborprogramm. Je früher ich diesen Arbeitsauftrag erledigt hatte, desto schneller würde auch dieser Albtraum vorbei sein. Zumindest hoffte ich das.

Als ich das Auswahlmenü des Programms öffnete, stellte ich fest, dass ich für meinen zweiten Auftrag eine ganze Menge neues Spielzeug bekommen hatte. Mein Labor war nun – wer hätte das für möglich gehalten? – noch besser ausgestattet. Woher nahmen diese Verrückten ihr Budget? Es war schwer, die Auflistung der Ausstattung durchzusehen, ohne beeindruckt zu sein.

Ich hielt meinen Blick fest auf den Bildschirm gerichtet und versuchte den Abgrund und meine Ängste zu vergessen. Zum Glück war alles, was sie diesmal von mir wollten, ein Mittel gegen eine relativ harmlose Mutation des Masernvirus. Kein großes Ding, wenn ich es schaffen würde, etwas weniger zu zittern. Als der Roboterarm begann, die ersten Petrischalen für mich zu befüllen, übernahm die Wissenschaftlerin in mir langsam wieder die Führung.

Unter den Wirkstoffen, die sie mir zur Verfügung gestellt hatten, ließ sich mithilfe der neuen Geräte erfreulich schnell etwas finden, auf das die Viren ansprachen, und ich konnte meinen Bericht schon nach weniger als zwei Stunden an Econ Labs schicken.

Wie es schien, war er bereits erwartet worden, denn fast im selben Augenblick, in dem ich auf »Senden« drückte, gingen in meiner Welt die Lichter wieder an. Mein Wohnzimmer kehrte langsam flimmernd zurück und ich beeilte mich, von dem Sessel aufzustehen, auf dem ich in den letzten beiden Stunden im wahrsten Sinn des Wortes festgesessen hatte. Himmel, war ich froh, dass dieser Albtraum vorbei war!

Meine Erleichterung dauerte allerdings nur so lange an, bis mir der Gedanke kam, dass die neuen Geräte im Labor vermutlich bedeuteten, dass sie noch weitere Aufträge für mich hatten.

Das musste langsam dringend ein Ende haben. Ich musste nachdenken. Mich beruhigen. Und endlich einen Weg hier raus finden. Ein langer Spaziergang wäre jetzt das Beste gewesen, aber auf den Nebel, der vor meiner Haustür auf mich wartete, hatte ich wenig Lust. Stattdessen lief ich ruhelos im Haus auf und ab. Nicht genug Auslauf, um meine Nerven zu beruhigen, aber besser als nichts.

Es brachte mich tatsächlich auf einen neuen Gedanken. Als ich im Schlafzimmer ankam und die leere Wand sah, traf mich die Erkenntnis wie ein Blitz. Das hier – das alles hier – war geplant. Und es war *mein* Plan. In irgendeiner Form musste ich an der ganzen Sache beteiligt gewesen sein, denn wer außer mir wäre auf Idee gekommen, alles so im Detail nachzubilden und trotzdem dieses grässliche Bild wegzulassen?

Ich blieb eine Weile vor der leeren Wand stehen. Es war wie eine Nachricht von mir selbst. Auch wenn ich mich nicht daran erinnern konnte, warum ich hier war – es war *meine* Entscheidung gewesen. Geplant. Freiwillig. Und vermutlich aus einem guten Grund. Ich atmete tief durch und ließ mich auf das Bett sinken. Also musste ich die Sache wohl durchziehen und mitspielen.

Kapitel 9

Ein neuer Tag. Der wievielte? Schwer zu sagen. Ich konnte hier fast alles erschaffen, aber ein vernünftiger Kalender war ein Ding der Unmöglichkeit. Papier? Verschwand jeden Morgen. Notizen auf meinem Laptop? Kerben im Türstock? Nichts davon konnte dem morgendlichen Neustart standhalten. Ich hatte versucht, die Tage zu zählen, doch jeder einzelne begann als der gleiche strahlende Frühlingsmorgen, gefolgt von einem Arbeitsauftrag um Punkt neun Uhr und etwas Einsamkeit am Nachmittag. Zu behaupten, die Tage ähnelten einander, wäre stark untertrieben gewesen.

Ein neuer Tag also. Langsam öffnete ich die Augen, streckte die Hand aus und ein perfekt temperierter Cappuccino erschien. Ich hob die Tasse ein wenig in Richtung Zimmerdecke.

»Morgen, Leute! Wie ist die Wettervorhersage für heute?«

Natürlich antworteten sie mir nicht. Aber fast, fast konnte ich spüren, wie sie lächelten. Ich nickte ihnen noch einmal zu und machte mich dann mit meinem Kaffee auf den Weg ins Wohnzimmer.

Wie jeden Morgen setzte ich mich an meinen üblichen Platz am Esstisch, gleich neben Nikolais Lieblingsstuhl. Ich lehnte mich zurück und dachte daran, wie wir morgens gemeinsam den Tag geplant hatten: Einkäufe, Termine und was wir mit dem Feierabend anstellen würden. Jetzt gab es nur noch mich und meine stummen Beobachter.

Ich warf einen fragenden Blick zur Decke. »Was meint ihr, Jungs? Ist heute ein guter Tag für Versailles? Oder wieder mal die Forschungsstation auf dem Mars?«

Ich war mittlerweile ziemlich gut darin, die Welt um mich herum in fast alles zu verwandeln. In alles, was nicht mehr als 140 Quadratmeter benötigte, denn die Wände meines Hauses ließen sich genauso wenig verändern wie der Sonnenschein vor dem Fenster. Ich blinzelte in den blauen Himmel draußen, trank meinen Kaffee und gab mir und den Kollegen aus der Abteilung für Zukunftssicherheit ein paar Augenblicke, um darüber nachzudenken, wie meine Welt heute aussehen sollte. Natürlich kamen von ihnen keine Vorschläge. Sie sprachen nicht mit mir. Das taten sie nie. Vermutlich waren sie mittlerweile genauso gelangweilt von meinen Verschönerungsversuchen wie ich selbst.

Vielleicht … vielleicht sollte ich es einfach bleiben lassen. Es wäre ohnehin nur ein Schloss aus Sand. Was auch immer ich veränderte, am nächsten Morgen würde nichts mehr davon zu sehen sein. Warum also nicht einfach die Dinge so lassen, wie sie waren? Um ehrlich zu sein, war das hier ohnehin meine liebste Fantasie.

Ich schloss einen Moment lang die Augen und stellte mir vor, dass Nikolai im Badezimmer wäre. Dass er nur noch einen Moment brauchen würde, bis er sich zu mir setzen würde. Oder besser noch, dass er in diesem

Moment unter der Dusche auf mich wartete. Nur ein paar Schritte entfernt.

Nein. Das tat zu weh. Ich schüttelte den Kopf und blinzelte eilig die Tränen weg.

»Entschuldigt, Jungs. Das war unprofessionell.«

Langsam schob ich die halb volle Cappuccinotasse von mir weg und trat ans Fenster. Der Morgen war immer am schlimmsten. Sobald ich mit der Arbeit beginnen konnte, war kein Platz mehr für Einsamkeit, aber bis dahin waren es noch drei Stunden. Eine lange Zeit, um einfach nur aus dem Fenster zu starren. Mein Blick folgte der Straße vor dem Haus. In diesem Moment wünschte ich, ich könnte einfach die Tür öffnen. Loslaufen, die Straße entlang. Das alles hier hinter mir lassen. Und dann entschied ich, dass es an der Zeit war, genau das zu tun.

Bis jetzt hatte ich mir viele gute Gründe einfallen lassen, um das Haus nicht zu verlassen. Nur in der Nähe des Laptops war ich erreichbar, falls sich doch endlich jemand entscheiden sollte, mich hier rauszuholen. Und warum sollte ich es verlassen? Mein Haus konnte mir alles bieten, was ich brauchte – was ohnehin nicht viel war. Nur an den einzig wahren Grund, warum ich die Tür nach draußen bisher nie wieder geöffnet hatte, dachte ich weniger gern: Ich hatte Angst. Die Erinnerungen an den Nebel und meine panische Flucht durch Hills View verblassten nur langsam und hier drin, hier drin konnte ich mich sicher fühlen. Und manchmal für ein paar Minuten vergessen, wie hilflos ich im Grunde genommen war.

Aber es war an der Zeit. Zeit, endlich aus der Routine dieser viel zu ähnlichen Tage auszubrechen. Ziemlich sicher würde der Nebel auch heute dort draußen auf mich warten, aber diesmal hatte ich einen Plan.

»Lust auf einen Spaziergang, Leute?«, fragte ich in die Stille um mich herum.

Ich ging die Treppe hinunter, legte die Hand auf die Türklinke und machte mich bereit, dem Nebel gegenüberzutreten. Dann drückte ich sie entschlossen hinunter und trat hinaus.

Immer noch dicht wie Watte und immer noch ziemlich beängstigend, entschied ich, als ich die Stufen in den Vorgarten hinunterstieg und die ersten Nebelschwaden sich neben mir auftürmten. Ich beeilte mich, die Augen zu schließen.

Ich dachte an Sonne.

Frühling.

Grüne Wiesen und Bäume.

Als ich meine Augen wieder öffnete, war ich umgeben von einem Blumenmeer. Die Baumkronen über mir strahlten in tausend Schattierungen von Grün und ich blinzelte in das strahlende Sonnenlicht über mir. Selbst die Luft schmeckte nach Frühling. Himmel, wie hatte ich das vermisst!

Langsam ging ich in die Knie und strich über die zarten Blüten vor mir. Ich steckte mir eines der Gänseblümchen ins Haar und richtete mich wieder auf. Wohin sollte ich gehen? Im Grunde genommen war es natürlich egal. Ich konnte vermutlich jeden Weg dorthin führen lassen, wohin ich wollte.

Langsam stand ich auf, drehte mich um und erstarrte. Ein paar Meter von mir entfernt endete der Sonnenschein so abrupt, als hätte ihn jemand mit einem scharfen Messer abgehackt. Die Hälfte des Fliederstrauchs vor mir trug zarte Blüten, doch der Rest von ihm bestand aus blattlosen, grauen Zweigen. Dahinter? Nichts als Nebel. Es war, als würde ich in einer kleinen Blase aus Sonnenlicht stehen, die versuchte, dem Grau zu trotzen. Nicht das, was ich im Sinn gehabt hatte – aber es war ein Anfang.

Entschlossen holte ich tief Luft und schloss die Augen. Mit ein bisschen mehr Einsatz könnte ich den Nebel vielleicht tatsächlich loswerden. Ich dachte an einen sonnigen Vorgarten. An die Straße, umgeben von blühenden Bäumen. An Kirschbäume und an den Fliederstrauch vor mir. Ich konzentrierte mich mit aller Kraft darauf, aber es fühlte sich an, als müsste ich gegen den Nebel um jeden Grashalm kämpfen. Es war, als würde ich einen Berg mit bloßer Hand versetzen wollen.

Aus irgendeinem Grund war es vom Fenster aus viel einfacher gewesen, die Dinge hier draußen zu verändern. Vielleicht … vielleicht, weil es viel mehr Details waren, die dafür nötig waren, um sich wirklich darin zu bewegen. Ich hatte das Gefühl, dass meine Gedanken mir immer wieder entglitten. Es war schwer, sich auf das Gras, die Bäume, die Sträucher und den blauen Himmel gleichzeitig zu konzentrieren. Als würde ich mit tausend Bällen auf einmal jonglieren, die alle entschlossen waren, mir zu entkommen. Aber so leicht wollte ich das weiße Zeug nicht gewinnen lassen. Ich fing beim Fliederstrauch an und arbeitete mich

Schritt für Schritt weiter vor, ging in Gedanken langsam durch meinen Garten und ließ ihn blühen. Plötzlich konnte ich den Duft der Blüten so intensiv riechen wie noch nie zu vor. War es das, hatte der Nebel nachgegeben?

Zitternd vor Anstrengung öffnete ich die Augen. Der Fliederstrauch leuchtete in der Sonne – aber aus dem Augenwinkel konnte ich neben mir Nebel sehen. Langsam drehte ich mich um und blickte auf eine weiße Wand direkt hinter mir. Die Stufen meines Hauses waren kaum mehr zu erkennen.

Nebel, der sich von hinten anschlich – das war's mit meinem Spaziergang. Fluchend tastete ich mich die paar Schritte zurück ins Haus und warf die Tür hinter mir ins Schloss. Ich musste mich eine Weile mit dem Rücken an die Haustür lehnen, bis ich die Kraft fand, die Stufen zurück nach oben in mein Wohnzimmer zu gehen. Was auch immer der Grund für diesen Nebel dort draußen war – ich hasste ihn bis in den letzten simulierten Wassertropfen hinein. Meine schöpferischen Fähigkeiten würde ich an diesem Morgen auf meinen Kaffee beschränken.

Zumindest auf eines war Verlass: Pünktlich um neun Uhr meldete sich mein Posteingang mit einem leisen Piepen. Die Arbeitsaufträge waren der Höhepunkt meiner Tage hier. Fast immer ging es um Mittel gegen diverse Krankheitserreger, aber seit ein paar Wochen sorgten sie dafür, dass dabei wirklich keine Langeweile aufkam. Immer mehr klassische Wirkstoffe im Auswahlmenü waren durch Heilkräuter ersetzt worden und ich war gezwungen, in neuen Bahnen zu denken. Heute Morgen hatten sie sich dabei allerdings selbst übertroffen, denn diesmal fand ich kein einziges Antibiotikum mehr im Menü. Das Ganze erinnerte an die Bestandsaufnahme eines kleinen Kräutergartens: Kamille, Zwiebel, Salbei und noch zwei Dutzend anderer Kräuter. Ich überflog den Auftrag weiter, bis ich sah, was ich damit bekämpfen sollte: die Pest. Tatsächlich die Pest. In voller Blüte! Irgendjemand bei Econ Labs hatte offensichtlich jede Menge Humor.

Ich war natürlich bereit, die Herausforderung anzunehmen. Was sonst sollte ich auch mit meiner Zeit hier anstellen?

Wie immer machte ich mich zuerst an die Bestandsaufnahme im Labor. Ich war noch nicht dahintergekommen, warum, aber die Ausstattung des Labors änderte sich, genau wie die mir zur Verfügung gestellten Wirkstoffe, fast täglich. Diesmal fand ich allerdings zu meiner Überraschung auch keine sauber aufgereihten Petrischalen mit den Erregern auf den Tischen des Labors, stattdessen hatte man dort jede Menge Käfige aufgestellt. Kleine, offensichtlich schlecht genährte Mäuse lagen apathisch auf den dünnen Gitterstäben und nur wenige schleppten sich mit anscheinend letzter Kraft zu den Futterklappen, als sie die Bewegung meines Roboterarms bemerkten. Hastig überflog ich ihre Vitalparameter und meine schlimmsten Befürchtungen bestätigten sich. Jede einzelne von ihnen war bereits infiziert worden. Seit wann übersprangen wir bei Econ Labs sämtliche Testphasen und infizierten gleich dermaßen viele Labortiere, bevor auch nur ein Prototyp des Heilmittels bereitstand? Das war … gegen jeden ethischen

Standard. Wer zum Teufel leitete dieses Projekt? Ich schob eine der Roboterhände in Richtung einer besonders stillen Maus und streichelte sie sanft.

Ich gab mir Mühe. Arbeitete schnell. Effizient. Und dennoch kam ich keinen Schritt weiter, nicht zuletzt deshalb, weil heute nichts in diesem verfluchten Labor zu funktionieren schien. Mehr als die Hälfte der Geräte, die ich sonst zur Verfügung hatte, waren verschwunden oder ließen sich einfach nicht mehr aktivieren. Das musste Absicht sein. Mein Mitgefühl für die Versuchstiere hatte bei ein paar meiner Kollegen immer wieder zu erhobenen Augenbrauen und Kopfschütteln geführt. Dass nun ausgerechnet bei meinem ersten Auftrag mit lebenden Tieren das Labor in einem so erbärmlichen Zustand war, das war wohl eher ein schlechter Scherz als ein Zufall. Wollten die Kollegen draußen den Einsatz für mich ein wenig erhöhen? Ich warf einen Blick auf die Aufstellung der Vitalparameter der Versuchstiere. Das sah nicht gut aus. Diese Mistkerle!

Warum hatte sie mir diesmal nur so eine minimale Auswahl an Wirkstoffen zur Verfügung gestellt? Wollten sie testen, wie ich unter Stress funktionierte? Nun, dann sollten sie jetzt besser gut zusehen, denn ich verspürte langsam wirklich jede Menge Stress. Die Labormäuse schienen immer schwächer zu werden und ich hasste es, sie so sinnlos leiden zu sehen. Die Tatsache, dass ich inzwischen nicht einmal mehr eine Stunde hatte, bis man mich wieder an den Rand eines bodenlosen Nichts setzen würde, half auch nicht, meine Laune zu bessern.

Ich versuchte, mich auf die Liste der Kräuter zu konzentrieren, die Econ Labs mir zur Auswahl gegeben hatte. Keines der Geräte, die ich normalerweise zur Analyse der Inhaltsstoffe der Pflanzen verwendete, war einsatzbereit. Natürlich wusste ich ein wenig über die Wirkung von Kamille und Zwiebel – aber von einigen der anderen Kräuter in meinem Auswahlmenü hatte ich noch nie gehört.

Nur noch 30 Minuten bis zum Abgrund – und dann kam mir die rettende Idee. Vielleicht war das hier das Beste, was mir hatte passieren können. Mit den ganzen Fehlfunktionen und diesem Haufen an Kräutern würde ich ohne Hilfe keine Lösung finden, da konnten sie so viele Abgründe erschaffen, wie sie wollten. Es war einfach nicht möglich. Und genau das war meine Chance. Diesmal konnten sie mir meine Bitte nach Zusammenarbeit mit einem Kollegen nicht abschlagen.

Wann immer ich versucht hatte, an Nikolai oder irgendjemanden außerhalb der Abteilung für Zukunftssicherheit eine Nachricht zu schicken, hatte ich stets die gleiche Antwort erhalten:

Zusammenarbeit nicht genehmigt.

Das musste einfach bedeuten, dass sie so etwas auch genehmigen konnten. Ich hatte es natürlich immer wieder versucht, jede Menge Gründe angegeben, warum ich einen Kollegen kontaktieren musste, aber dummerweise schien Econ Labs sehr genau über meine Fähigkeiten Bescheid zu wissen. Im Grunde genommen war bisher jeder Arbeitsauftrag maßgeschneidert auf meine Fähigkeiten zugeschnitten gewesen, egal wie sehr ich in unzähligen E-Mails versucht hatte, das Gegenteil zu behaupten, und um den Kontakt zu einem anderen Wissenschaftler gebeten hatte. Keine der Mails wurde je beantwortet und die pünktlich abgegebenen Arbeitsaufträge hatten ihnen wohl bewiesen, wie recht sie damit gehabt hatten. Ein paarmal hatte ich mich dazu durchgerungen, den Auftrag nicht fertigzustellen, und den dunklen Abgrund in Kauf genommen, nur um den Arbeitsauftrag dann mit ein paar kräftigen Flüchen in völliger Dunkelheit zu beenden.

Aber der Ausfall der wichtigsten Laborgeräte änderte alles. Diesmal würden sie mir tatsächlich jemanden zur Seite stellen müssen, wenn sie Ergebnisse wollten. Ich war noch nie so glücklich gewesen, keine botanische Ausbildung zu haben, wie in diesem Moment. Zum ersten Mal seit langer Zeit lächelte ich, als ich meine Nachricht an Econ Labs schrieb.

An: Econ Labs Corp, Abteilung für Zukunftssicherheit
Von: Sarah Berger

Aufgrund des Ausfalls an Laborgeräten kann ich meinen Auftrag nicht fertigstellen. Ich ersuche um Kooperation mit einem Botaniker.

Ich war für alles offen. Egal, ob sie mich nur über das Laborprogramm Nachrichten an jemanden schicken ließen oder ob hier gleich ein Telefon auftauchte und ich endlich wieder eine andere Stimme hören würde – alles, außer diesen immer gleichen Standardantworten, war mir recht.

In der Zwischenzeit tat ich mein Bestes, mich wieder auf mein Labor zu konzentrieren. Natürlich wollte ich auf keinen Fall in letzter Minute allein ein Heilmittel finden, aber die Mäuse litten und ich wollte alles tun, um ihnen die Sache ein wenig erträglicher zu machen. Nach einem kurzen Blick auf die Wirkstoffliste entschied ich mich für etwas Arnika und Kamille. Das sollte zumindest gegen die Schmerzen helfen.

Ich war gerade dabei, jeder der Mäuse etwas davon zu verabreichen, als mir bewusst wurde, dass es vier Minuten nach 17 Uhr war. Ganze vier Minuten. Noch nie hatte Econ Labs sich auch nur eine Sekunde mit dem Abgrund des Schreckens Zeit gelassen. Wann immer ich für einen Abschlussbericht etwas länger gebraucht hatte, musste ich ihn mitten im schwarzen Nichts schreiben. Bitten um ein paar Minuten Aufschub hatten sie bisher nie beachtet oder auch nur beantwortet. Und nun? Vier Minuten. Das war ein richtig gutes Zeichen.

Als im nächsten Augenblick eine neue Nachricht auf meinem Bildschirm erschien, war ich aufgeregt wie ein Schulmädchen vor dem ersten Ball. Der Inhalt der Nachricht war allerdings definitiv anders als erwartet.

Kapitel 10

Egal, wie oft ich mir die Nachricht von Econ Labs durchlas, ich war mir schlicht und ergreifend nicht sicher, was ich davon halten sollte.

An: Sarah Berger
Von: Econ Labs Corp, Abteilung für Zukunftssicherheit

Bitte, oh Allmächtige, vergiss uns nicht! Wir warten voller Hoffnung auf dein Heilmittel.

Dein dir ergebener
Philomen

Ein Scherz, eindeutig. Eine Botschaft im Namen der Labormäuse, um mir ein schlechtes Gewissen zu machen. Als wäre mir nicht bewusst, wie sehr die Tiere litten. Aber wer war dieser Philomen? Hatten sie eine der Mäuse so genannt? War es ein Mitarbeiter der Abteilung für Zukunftssicherheit? Auf jeden Fall gab es dort draußen jemanden mit Sinn für Humor. Mich monatelang hier einzusperren und dann »allmächtig« zu nennen, das war gar nicht mal so übel. So ein Scherz passte allerdings nicht zu all dem, was sie mich bisher hatten erleben lassen. Vermutlich war der Autor dieser Zeilen keiner der regulären Mitarbeiter des Projekts. Vielleicht ein Pfleger, der sich um die Labortiere kümmerte? Ich konnte ihn fast vor mir sehen, wie er in den Laborräumen von Käfig zu Käfig ging, mit nichts als ein paar Mäusen als Gesellschaft bei seinen Runden. Monotoner Job. Er wäre nicht der Erste, der seine Zugangskarte genutzt hatte, um sich während der langen, einsamen Schichten einen kleinen Cocktail aus den Pharmabeständen zu gönnen. Ja, wenn ich darüber nachdachte – diese Zeilen klangen tatsächlich so, als hätte er ein wenig zu viel von dem guten Zeug erwischt und mich und meine Arbeit zu einem Teil seiner Trips werden lassen. Ob er auch für das Versagen der Laborgeräte verantwortlich war? In diesem Fall wartete wohl eine Menge Ärger auf ihn. Aber nicht von mir. Denn was auch immer er getan hatte, er war immer noch in der Lage, einen Computer zu bedienen – und damit war er mein Mann. Ich beeilte mich, ihm zu antworten.

An: Econ Labs Corp, Abteilung für Zukunftssicherheit
Von: Sarah Berger

Natürlich, ich werde dir das Heilmittel geben. Wir sollten uns treffen! Weißt du, wo sich die Virtual-Reality-Station befindet, in der ich liege?

Deine …

Ich beschloss, ihm das zu geben, was er von mir erwartete:

… Deine Allmächtige

Jetzt musste ich nur noch hoffen, dass ich ihn dazu bringen konnte, die Simulation abzuschalten. Das war vielleicht nicht der sicherste Weg, aus dem Programm auszusteigen, Junkies waren selten der sicherste Weg, aber vermutlich der schnellste. Ich war jedenfalls bereit, das Risiko einzugehen, denn mit Abwarten und Hoffen war ich definitiv durch.

Philomens Antwort erschien schon nach wenigen Augenblicken auf meinem Bildschirm.

An: Sarah Berger
Von: Econ Labs Corp, Abteilung für Zukunftssicherheit

Oh Allmächtige,
ich kenne den Ort Virtual-Reality-Station nicht. Ich befinde mich am Eingabealtar. Wann darf ich deine wundersamen Heilmittel erwarten?

Dein dir ergebener
Philomen

Das hatte ich befürchtet. Philomen war wohl schon ziemlich hinüber. Er konnte sich nicht erinnern, wo die Virtual-Reality-Station war, in der ich lag. Möglicherweise hatte er es auch nie gewusst, das war im Grunde genommen nichts, was er als einfacher Tierpfleger wissen musste. Auf jeden Fall war er wohl in einem Zustand, in dem ich ihn auch nicht bitten konnte, danach zu suchen. *Eingabealtar.* So verwirrt, wie das klang, würde er vermutlich einen Alarm auslösen oder den Jungs von der Nachtwache direkt in die Arme laufen und versuchen, mit ihnen Tango zu tanzen. Aber vielleicht ließ sich das Programm auch von dem Computer aus steuern, an dem er gerade saß – oder sich schwankend festhielt.

Von: Sarah Berger
An: Econ Labs Corp, Abteilung für Zukunftssicherheit

Philomen,
was siehst du auf dem Bildschirm vor dir? Kannst du die Simulation abschalten?

Philomen hatte zumindest seine Feinmotorik immer noch bewundernswert gut unter Kontrolle, denn die Antwort ließ auch diesmal nicht lange auf sich warten.

Von: Econ Labs Corp, Abteilung für Zukunftssicherheit
An: Sarah Berger

Oh Allmächtige,
falls das ein Test meines Wissens ist, kann ich dir versichern, dass ich durch meinen Vorgänger, Laren den 16. Hüter, genauestens in meine Aufgaben eingeführt wurde. Die Simulation der Allmächtigen muss bewahrt werden und ich würde es nie wagen, sie abzuschalten.

Dein ergebener Diener
Philomen

Was hatte der Junge nur genommen? Bei dem, was er da von sich gab, war es ein Wunder, dass er den Computer überhaupt noch bedienen konnte. Schwer zu sagen, wie all das, was ich ihm schrieb, auf ihn wirkte. Wenn ich nur seine Reaktionen sehen könnte, wirklich mit ihm sprechen könnte! Aber … aber vielleicht …

Von: Sarah Berger
An: Econ Labs Corp, Abteilung für Zukunftssicherheit

Kannst du einen Videochat öffnen? Dann können wir uns besser über das Heilmittel unterhalten.

Liebe Grüße
Deine Allmächtige

Liebe Grüße. Das klang nicht besonders allmächtig. Aber es schien Philomens Glauben an mich nicht zu erschüttern, denn nur ein paar Augenblicke nachdem ich die Nachricht abgeschickt hatte, flackerte mein Bildschirm und es begann sich tatsächlich ein Videochatfenster zu öffnen.

Ich strich meine Haare glatt, bereitete mein bestes Lächeln vor – und dann fiel mir ein, was ich bei der ganzen Aktion nicht bedacht hatte. Nichts an mir, wie ich in Jeans und T-Shirt vor dem Laptop saß, sah so allmächtig aus, wie er es vielleicht erwartete. Was, wenn ihn das wachrütteln würde? Wenn er sich daran erinnern würde, dass er gerade jede Menge Vorschriften übertrat? Aber noch stand die Verbindung nicht. Ich konnte meine Welt noch ein wenig verändern. Versailles? Den Götterberg Olymp? Walhalla? Woran dachte dieser Philomen in seinem Trip? Bevor ich mich entscheiden konnte, stabilisierte sich die Verbindung und alles, wofür ich noch Zeit hatte, war ein möglichst würdevolles Lächeln.

Selbst das misslang mir allerdings gründlich, als ich Philomen sah. Nach Worten ringend, starrte ich ihn eine ganze Weile mit offenem Mund an.

Er war jung, vielleicht Anfang zwanzig, wenn überhaupt, und seine blonden, wild abstehenden Haare ließen ihn wohl noch ein wenig jünger wirken. Überraschenderweise sah er vollkommen ruhig und gefasst aus und definitiv nicht wie jemand, der betrunken war oder unter dem Einfluss von irgendetwas stand. Mir blieb allerdings nur der Bruchteil einer Sekunde, um darüber nachzudenken, denn seine Kleidung verlangte meine ganze Aufmerksamkeit. Er trug Fell. Einfach nur Fell. Keinen Pelzmantel, sondern ein paar grobe Stücke, die er sich locker mit einer Kordel um die Hüfte geschlungen hatte. Was mir allerdings noch mehr Sorgen machte als sein Outfit, war das riesige Loch in der Mauer hinter ihm und das Chaos an zerbrochenen Einrichtungsgegenständen um ihn herum. Der Boden war übersät mit Trümmerteilen und er selbst saß auf einer ziemlich verbeulten Transportbox für Laborutensilien, während er mich mit diesem hellwachen Blick und einem Lächeln begrüßte. Was war in den paar Monaten passiert, die ich hier festgesessen hatte?

Kapitel II

Dieses Lächeln. Der Strom für die Beleuchtung schien ausgefallen zu sein, die Lampen baumelten nutzlos an halb aus der Wand gerissenen Kabeln von der Decke und der Boden war, soweit ich das in dem Halbdunkel rings um Philomen erkennen konnte, übersät mit Trümmerteilen. Inmitten des Chaos schenkte mir Philomen ein strahlendes Lächeln und vollführte eine altmodische kleine Verbeugung. Stand er unter Schock?

»Philomen? Kannst du mich hören? Was ist passiert? Ein Anschlag? Gibt es Verletzte?«

Philomen lächelte unerschütterlich weiter, während ich mich fragte, was so riesige Löcher in Häuser sprengen konnte. Eine Bombe? Vielleicht eine Gasexplosion? Mit überraschend ruhiger Stimme riss er mich aus den Horrorszenarien, die ich mir gerade vorzustellen begann.

»Grüße, Allmächtige! Was für eine Ehre, mit dir zu sprechen! Aber … es fällt mir schwer, deine Fragen zu beantworten.«

Eindeutig ein Schockzustand. Der Arme hatte offensichtlich eine ganze Menge durchgemacht, deshalb wohl auch das Fell. Menschen taten die eigenartigsten Dinge, wenn ihr Leben aus den Fugen geriet. Es gab Unfallopfer, die neben brennenden Autos seelenruhig Geige spielten –

und offensichtlich auch Mitarbeiter von Econ Labs, die sich einen Sofaüberwurf anzogen.

»Ich kann dir helfen, Philomen, aber du musst mich hier rausholen«, begann ich vorsichtig.

Philomens Lächeln geriet ein wenig ins Wanken und er sah mich mit einem Blick an, den ich nicht recht deuten konnte. »Allmächtige, ich kann dich nicht in unsere Welt bringen. Es ist schon gegen die Regeln, überhaupt mit dir zu sprechen. Nur die rituellen Nachrichten sind gestattet. So will es das Handbuch.«

Das lief noch schlechter als befürchtet. Allmächtige. Rituelle Nachrichten. Es war ein Wunder, dass der arme Junge in diesem Zustand überhaupt den Videochat zum Laufen gebracht hatte. Wo er wohl das Fell herhatte? Es sah nach Bär aus.

»Steht in diesem Handbuch etwas über Notfälle?«, versuchte ich eine andere Strategie.

Er schien zu zögern und ich gab mir Mühe, sein Lächeln zu erwidern. Ruhe vermitteln, das war in seinem Zustand das Wichtigste. Und ihn – ganz behutsam – an die Notfallprozeduren erinnern.

»Möchtest du mit mir einen Blick hineinwerfen?«, schlug ich vor. Egal ob Anschlag oder Unfall, wir hatten offensichtlich überlebt und ich ging stark davon aus, dass das Notfallprotokoll vorsah, die Simulation schnellstmöglich abzubrechen und mich zusammen mit den anderen zu evakuieren. In Gedanken ging ich bereits meine nächsten Schritte durch. Anschlag oder Unfall, das war die Frage. Davon hing es ab, ob es besser wäre, sich zu verstecken oder die vorgeschriebenen Fluchtrouten zu nehmen. Der Schlüssel zu all meinen Plänen saß allerdings direkt vor mir und machte keine Anstalten, nach dem Handbuch zu greifen.

»Allmächtige, ich fürchte, meine Frau kann nicht warten, bis ich dir das Handbuch vorgelesen habe. Es ist sehr lang. Wirklich viele Worte«, erklärte er etwas verlegen und versuchte das Ganze mit einem noch breiteren Lächeln auszugleichen. Nicht gut. Dieses Lächeln mitten im Chaos machte mir langsam Sorgen. Ich war zwar keine Psychologin, aber ich hatte absolut kein gutes Gefühl dabei. Das Beste war wohl, ihn am Reden zu halten und zu versuchen, ihn sanft an die Idee heranzuführen, endlich auf den Abschaltknopf der Simulation zu drücken.

»Was ist passiert, Philomen? Wo ist deine Frau?«, fragte ich.

»Aemalia ist im Dorf. Sie war zu schwach für den langen Fußmarsch. Sie fiebert und die blauen Beulen schmerzen sie sehr. Bitte …«

An dem Punkt war jetzt von meiner Seite Schluss mit dem Lächeln. Blaue Beulen. Das konnte einfach kein Zufall sein. »Philomen, hast du mir heute Morgen den Auftrag gegeben, etwas gegen die Beulenpest zu finden?«

»Ja, Allmächtige. Es sind fast alle von uns erkrankt. Und es werden immer mehr …«, erklärte er.

War dort draußen tatsächlich die Pest ausgebrochen? Und diese Verwüstung vielleicht gar nicht so frisch, wie ich dachte? Ich konnte es mir schwer vorstellen. Selbst bei einem Terroranschlag oder einem Erdbeben würde der Katastrophenschutz die Lage schnell unter Kontrolle bekommen. So eine Krankheit brauchte Zeit. Ziemlich miese Hygiene. Eine Menge Ratten. Und richtig schlechtes Katastrophenmanagement. Vermutlich bildete Philomen sich die Sache mit der Pest nur ein, aber ich nickte verständnisvoll, um ihn nicht zu verschrecken.

»Ich werde alles tun, was ich kann. Aber zuerst musst du mich wirklich hier rausholen.« Und das schnell. Früher oder später würde das Virtual-Reality-System der Simulation in diesem Durcheinander versagen oder einfach keinen Strom mehr haben und ich wollte mir lieber nicht vorstellen, was dann mit mir passieren würde. Hirnschäden, stressbedingter Herzinfarkt – es gab eine Menge Gründe, warum man aus Simulationen nicht überstürzt aussteigen sollte.

»Allmächtige, das ist einfach unmöglich«, unterbrach Philomen meine Gedanken mit leiser Stimme und sein Lächeln schien langsam etwas ins Wanken zu geraten. Wie es schien, lief auch für ihn unser Gespräch anders, als er gehofft hatte. Die Lampen über ihm flackerten ein paarmal kläglich und ich hatte das Gefühl, dass mir langsam die Zeit davonlief.

»Philomen, weißt du, wo ich bin? Also … die Virtual-Reality-Station, in der ich liege? Sieht vermutlich ein bisschen aus wie eine riesige Plexiglasbox mit vielen Schläuchen.«

»Allmächtige, deine Überreste befinden sich im Tempel«, erklärte er betont langsam und sanft – so als wäre *ich* die Verrückte, die er nicht zu sehr aufregen wollte.

Es fiel mir schwer, mich weiterhin an meinen Vorsatz, ihn bloß nicht zu verschrecken, zu halten und ihn nicht anzubrüllen. Ich atmete tief durch und klang vermutlich wie ein fröhlicher Psychopath, als ich weitersprach.

»Philomen, wo liege ich? Von was für einem Tempel sprichst du?«

Statt zu antworten, stand er einfach auf. Verdammt! Ohne ihn saß ich hier fest. Ich spürte Panik in mir aufsteigen, doch gerade als ich ihn anflehen wollte, mich nicht allein zu lassen, blieb er auch schon wieder stehen. Er schien nach der Kamera zu greifen und … Was hatte er vor?

Philomen änderte ein wenig den Blickwinkel und ich konnte mehr von dem Fenster hinter ihm erkennen – oder von dem, was früher ein Fenster gewesen war, bevor das Glas und ein Teil des Rahmens zersplittert waren.

»Siehe, Allmächtige. Das ist der Tempel der Bewahrer.«

Tempel? Der arme Junge … hatte recht. Dort, mitten im Park, stand tatsächlich ein Gebäude, auf das diese Bezeichnung richtig gut passte. Ein paar der grauen Säulen waren umgestürzt, aber es hatte noch immer etwas Würdevolles an sich. Es sah fast ein wenig altgriechisch aus. Wunderschön. Und vollkommen unmöglich. Ich kannte diesen Park und war mir absolut sicher, dass es dort keinen altgriechischen Tempel gegeben hatte, als ich das letzte Mal mein Sandwich dort gegessen hatte. Noch mehr Sorgen machten mir allerdings die Bäume. Sie waren riesig. Dort draußen schien sich ein wahrer Dschungel auszubreiten, der definitiv nichts mehr mit dem gepflegten kleinen Park zu tun hatte, an den ich mich erinnerte. Ich blickte unglücklich auf die grüne Wildnis jenseits des Fensters und hatte ein richtig mieses Gefühl in der Magengegend.

»Philomen, wie lange bin ich schon hier drin?«, fragte ich leise.

»Ich bin mir nicht sicher, Allmächtige. Viele der Aufzeichnungen gingen bei dem großen Beben verloren. Wir schreiben das Jahr 2229. Hilft dir das weiter?«

Nein, das half mir ganz und gar nicht weiter, denn es konnte unmöglich stimmen. »2229? Das ist das Jahr? Bist du dir sicher?« Meine Stimme zitterte, und um ehrlich zu sein, war es nicht nur meine Stimme, die zu zittern begonnen hatte. Dieser Tempel … der Dschungel direkt vor der Tür von Econ Labs … was, wenn es stimmte, was er sagte?

»Ist alles in Ordnung, Allmächtige? Habe ich dich verärgert? Bitte, nimm mir nicht übel, dass ich es gewagt habe, dich anzusprechen. Wirst du mir trotzdem helfen?«

Seine Worte drangen wie durch Watte nur langsam zu mir durch.

Helfen.

Jemand musste *mir* helfen!

Ich starrte auf die Bäume und suchte verzweifelt nach einer Erklärung. Es konnte einfach nicht wahr sein, dass die Welt dort draußen in Trümmern lag, ohne dass ich es bemerkt hatte! Und noch viel weniger konnte wahr sein, dass ich seit mehr als zwei Jahrhunderten hier eingesperrt war.

»Allmächtige? Ist alles in Ordnung mit dir? Du zitterst …«, hörte ich von sehr weit weg.

Meine Gedanken rasten. Was, wenn er recht hatte? Wirklich recht hatte? 200 Jahre waren eine lange Zeit, aber Econ Labs hatte mit Cryotechnik experimentiert. Es war nicht vollkommen unmöglich, dass sie mich wie ein Tiefkühlhuhn auf Eis gelegt hatten. Es könnte sogar von Anfang an der Plan gewesen sein, mich so lange hier drin zu behalten.

»Ich muss … muss wirklich raus …«, flüsterte ich.

Philomen lächelte mich an und schüttelte langsam den Kopf, als hätte ich etwas sehr Verwunderliches gesagt. Ich blinzelte ein paarmal, um ihn wieder besser sehen zu können, und es dauerte einen Augenblick, bis ich begriff, warum mir das so schwerfiel. Langsam wischte ich die Tränen weg und richtete mich auf.

»Du musst einen Weg finden, mich hier rauszuholen.«

»Allmächtige, warum? Du bist in der Welt der Wunder. Dort kannst du deine Magie wirken, die uns alle rettet.«

Magie. Welt der Wunder. Das war natürlich völliger Schwachsinn, aber vielleicht hatte er … nicht ganz unrecht. Was auch immer Econ Labs sich dabei gedacht hatte, mich in eine Cryokammer zu stecken – wenn dort draußen tatsächlich die Pest ausgebrochen war, konnte ich mit meinem Labor eine Menge Leben retten.

»Philomen … die Heilmittel, die ich im Labor herstellen lasse, sind die für euch?«

Sein Lächeln wurde breiter und er nickte. »Ja, die alte Ausgabestelle ist auch nach dem Beben noch erreichbar.«

Ein Erdbeben also. Es brannte mir zwar auf der Zunge, Philomen noch mehr zu fragen, aber die flackernde Beleuchtung dort draußen ließ mich befürchten, dass mir langsam die Zeit davonlief. Wer wusste, wie lange meine

VR-Station noch durchhalten würde, und sobald ich die Simulation verlassen hatte, könnte es schwierig werden, mein Labor zu erreichen. Es schien von diesem Beben nicht betroffen zu sein, denn nicht einmal ein einziges der Reagenzgläser war verrutscht und das bedeutete vermutlich, dass es sehr weit entfernt war. Himmel, es konnte im Grunde genommen am anderen Ende der Welt stehen, in irgendeiner Niederlassung von Econ Labs, von der ich noch nie gehört hatte!

»Philomen, mein Labor – weißt du, wo es sich befindet?«

Er schenkte mir ein unsicheres Lächeln. »Labor? Der Raum, in dem die Heilmittel geschaffen werden? Niemand darf ihn betreten.«

»Ist es in der Nähe?«

Philomen schien sich bei der Frage nicht ganz wohlzufühlen, aber er antwortete mir zögernd mit einer kleinen Verbeugung. »Ja, Allmächtige. Aber es darf wirklich niemand hinein. Ich sollte eigentlich gar nicht darüber sprechen.«

»Philomen, du musst mir mehr davon erzählen, sonst wird es schwierig, euch mit Medizin zu versorgen«, erklärte ich mit mehr Geduld in der Stimme, als ich eigentlich hatte, während ich die flackernden Lampen im Auge behielt.

Philomen nickte langsam, aber so ganz schien er mir nicht zuzustimmen. »Natürlich, Allmächtige. Aber ich weiß wirklich nicht, wie du dorthin gelangen könntest.«

Das konnte so nicht ganz stimmen. »Die Mäuse, die du ins Labor gebracht hast – wie hast du das angestellt?«

»Durch den Schacht. So, wie es im Handbuch beschrieben wurde. Die Automaten kümmern sich dann um alles.«

Das Labor war also ganz in der Nähe und noch dazu unterirdisch – offensichtlich tief genug, um eine Menge Mist unbeschadet zu überstehen. Das war doch mal ein Hoffnungsschimmer. Aber, nur um sicherzugehen …

»Wie groß ist dieser Schacht? Passe ich durch?«

Was das anging, schien Philomen keine Zweifel zu haben. »Oh nein, natürlich nicht. Sonst könnte die Ruhe der Automaten gestört werden. Das Labor ist sicher und verborgen, so wie es sein muss.«

Wenn ich keinen Zugang bekam, würde es schwer werden, mir in diesem Trümmerhaufen einen Arbeitsplatz einzurichten. Schwer bis unmöglich. Der Kampf gegen die Pest war so oder so ein Wettlauf gegen die Zeit, und wenn ich die Simulation jetzt verließ, hatte ich vielleicht meine beste Chance verspielt. Ich blickte in Philomens Augen, in dieses unerschütterlich hoffnungsvolle Lächeln und traf eine Entscheidung. Was auch immer Econ Labs mit mir angestellt hatte, ich war noch immer Ärztin. Die VR-Maschinen würden einfach noch ein wenig durchhalten müssen.

»Philomen … ich werde dir helfen.«

»Allmächtige, ich habe nie an dir gezweifelt!«

»Und danach, wenn wir das Heilmittel haben, musst du mich hier rausholen. Wir sehen uns zusammen das Handbuch an und finden einen Weg. Kannst du mir das versprechen?«

»Aber die Regeln …«, begann Philomen unsicher und ich entschied, dass ich ihn damit nicht wieder von vorne anfangen lassen wollte. Zum Teufel mit den Regeln, die Econ Labs in dieses verfluchte Handbuch geschrieben hatte – und die vermutlich nie für so einen Katastrophenfall gedacht gewesen waren!

»Ich helfe dir. Du hilfst mir. Schau dich um, Philomen. Zeit für ein paar neue Regeln, findest du nicht?«

Er sah mich an und es war keine Spur von einem Lächeln mehr in seinem Gesicht zu sehen. Schließlich nickte er langsam und öffnete, ohne den Blick von mir abzuwenden, eine Schublade neben sich. Er griff nach einem Buch, das eindeutig schon bessere Tage gesehen hatte, und auch ohne den Titel auf dem abgegriffenen roten Einband sehen zu können, wusste ich, was es war. Wie es aussah, hatten wir einen Pakt.

»Kannst du mir sagen, wie viele erkrankt sind?«, fragte ich.

»Fast alle von uns, Allmächtige. Das sind … ungefähr dreihundert.«

Dreihundert? Wenn er sich in der Zentrale von Econ Labs befand, dann sollte er in diesem Moment mitten in einer Großstadt stehen. Das Baytown, das ich kannte, hatte fast eine halbe Million Einwohner gehabt. Was war mit all diesen Menschen geschehen?

»Allmächtige? Ich weiß, das sind sehr viele …«, unterbrach Philomen meine Gedanken.

»Viele? Ich dachte, es wären viel mehr …«, flüsterte ich.

»Nicht seit dem großen Beben, Allmächtige. Wir sind die größte Kolonie – zumindest von denen, die wir per Videochat erreichen können.«

»Die Kommunikationsverbindungen sind zusammengebrochen? Wie lange schon?«

»Seit dem Beben, Allmächtige. Es war wirklich schlimm, sagt man.«

»Wann war dieses Beben, Philomen?«

»Vor fast 73 Jahren, Allmächtige. So berichten es die Ältesten.«

Und immer noch lag dort draußen alles in Trümmern? Warum hatte man es nicht längst wiederaufgebaut? Nun, zumindest musste ich mir keine Gedanken über Verschüttete machen. Es gab allerdings genügend anderes, um das ich mir Sorgen machen konnte.

»Ihr habt in 73 Jahren die Videokommunikation nicht wiederhergestellt?«, fragte ich.

»Ich … wir … sollten es besser nicht anfassen, Allmächtige. Die Geräte vertragen das nicht.«

»Und wie kommuniziert ihr mit anderen Städten?«

Philomen lächelte, als wäre das eine ziemlich eigenartige Frage. »Reiter können die nächste Stadt in weniger als drei Tagen erreichen.«

Ich atmete tief durch. Himmel noch mal! Reiter. Aber eines nach dem anderen. »Und die Pest? Habt ihr gehört, ob sie auch in den anderen Städten ausgebrochen ist?«, fragte ich.

Philomen schüttelte den Kopf. »Nein, Allmächtige, wir haben schon länger nichts von anderen gehört.«

»Philomen, sobald wir ein Heilmittel gefunden haben, musst du Boten schicken und ihnen Hilfe anbieten. Aber erst dann, wenn wir genügend Medizin hergestellt haben.

Bis dahin solltet ihr besser unter euch bleiben, um die Sache nicht schlimmer zu machen.«

Es war wie Fahrradfahren. Obwohl es lange her war, dass ich einen Seucheneinsatz geleitet hatte, fühlte es sich schon nach wenigen Sätzen vertraut an. Nur, dass ich diesmal offensichtlich kein erfahrenes Team von Experten an meiner Seite haben würde. Ich fragte Philomen mehr als einmal danach, aber offensichtlich gab es dort draußen weder Sicherheitsbeamte noch Rettungskräfte. Es schien im Grunde genommen nichts zu geben als ein paar sehr verängstigte und zum Großteil kranke Menschen, die mich und diesen Computer wie eine Mischung aus Göttin und Colaautomaten behandelten. Für einen Augenblick war ich versucht, Philomen nach meinem Mann zu fragen. Nach meiner Familie. Freunden. Aber etwas in mir sagte mir, dass ich mir das noch nicht erlauben durfte. Nicht, solange ich meine ganze Kraft brauchte, um die Seuche zu stoppen.

Ich schüttelte den Kopf, um den Gedanken zu vertreiben, und konzentrierte mich ganz auf Philomen. Auf sein hoffnungsvolles Lächeln und diese Begeisterung, mit der er meinen Anweisungen lauschte, selbst als ich ihm erklärte, dass sie als Erstes die Ratten fangen und ihre Kadaver verbrennen mussten. Er war wohl definitiv niemand, der Angst hatte, sich die Hände schmutzig zu machen. Als ich mir sicher war, dass er verstanden hatte, wie vorsichtig sie dabei sein mussten, nahm ich den nächsten Schritt ihn Angriff und zu meiner Überraschung war das der Moment, in dem Philomens Begeisterung ein wenig ins Wanken geriet.

»Wirklich, ich muss deine Frau sehen. Wir können uns keine Fehldiagnose leisten. Sie und zumindest eine Handvoll der anderen Erkrankten«, sagte ich.

Es war nicht zu übersehen, wie wenig ihm dieser Gedanke gefiel. Keine Spur mehr von Lächeln oder Verbeugungen.

»Du musst keine Angst haben, Philomen«, fuhr ich fort – auch wenn das vielleicht so nicht stimmte. »Berühre sie und vor allem die Beulen nicht, dann sollte dir nichts passieren.« Nach dem, was Philomen mir geschildert hatte, war es zumindest nicht die Lungenpest. Damit hatte er gute Chancen, sich nicht selbst anzustecken.

»Nein, das ist es nicht. Ich habe mich in den letzten Tagen um sie gekümmert und mir ist nichts geschehen.«

Natürlich hätte ich ihm in diesem Moment etwas über Inkubationszeiten erzählen können, aber ich sah bereits genug Angst in seinen Augen.

»Bring sie zu mir, Philomen«, sagte ich so sanft wie möglich.

Er schwieg und schien den Tisch vor sich sehr genau zu betrachten. Gerade als ich ihm klarmachen wollte, wie wichtig es war, begann er mit immer noch gesenktem Kopf zu flüstern. Fast so, als wären die Worte mehr für ihn selbst als für mich bestimmt. »Ich ... muss einen Weg finden, dass uns niemand dabei beobachtet. Die Ältesten erlauben niemandem, mit dir zu sprechen, und ich ... ich will nicht, dass sie auch Aemalia bestrafen.«

Katastrophen, Seuchen – und um es noch schlimmer zu machen, eine Menge Regeln, die verhinderten, dass man um Hilfe bat? Wer auch immer diese Ältesten waren, das Katastrophenmanagement war bei ihnen wohl kaum in guten Händen. Ich würde einen Weg finden müssen, das zu ändern. Aber eine Krise nach der anderen. Philomen schien seiner Angst jedenfalls keine Chance geben zu wollen, seinen Entschluss noch einmal zu ändern, und stand auf.

»Philomen, bevor du gehst«, begann ich, »welche Antibiotika habt ihr zur Verfügung?«

Philomen blieb stehen und blickte mich mit großen Augen an. »Antibiotika? Davon habe ich schon gehört, Allmächtige. Aber niemand weiß, wo es wächst. Alles, was wir an Heilpflanzen verwenden, habe ich ins Programm eingegeben.«

Ich atmete tief durch. »Es sind Schimmelpilze, Philomen. Pilze, die Krankheiten bekämpfen. Bitte frag einen eurer Ärzte danach. Wir werden alles davon brauchen, was du finden kannst.«

»Unsere Ärzte? Du findest immer das richtige Heilmittel. Wozu sollten wir neben dir noch weitere Ärzte haben?«

Das … nein, das konnte nicht stimmen. Doch vielleicht nannte man sie nun anderes. Es war immerhin einige Zeit vergangen. So viel Zeit, dass … nein, nicht darüber nachdenken. Noch nicht. Ich musste Antibiotika herstellen und einen Weg finden, mit Philomens Hilfe die Simulation zu verlassen. Erst dann würde ich mir erlauben weiterzudenken. Hier und jetzt … nur einen Schritt nach dem anderen. Das war es, was man bei einem Katastrophenszenario tun musste. Nicht weiter vorausdenken als bis zum nächsten logischen Schritt. Nicht an die eigenen

Chancen, nur an den nächsten Schritt. Alles andere konnte zu Panik führen und Panik war kein guter Ratgeber, wenn Menschenleben auf dem Spiel standen.

»Philomen, ich brauche jemanden, der mir mehr über die Kräuter erzählen kann. Ich kenne mich damit nicht besonders gut aus und fast keines der Analysegeräte im Labor funktioniert im Moment.«

Philomen schwieg einen Augenblick und fragte dann zögernd: »Du kannst uns nicht helfen, Allmächtige? Kein Heilmittel?«

»Ich … ich kenne mich mit Kräutern nicht besonders gut aus …«, wiederholte ich und rang nach Worten, während Philomen mich ansah, als würde gerade seine ganze Welt zusammenbrechen. Plötzlich senkte er den Blick, tippte etwas auf dem Keyboard vor sich und der Videochat schloss sich.

Frustriert schlug ich mit der Faust auf den Tisch und meine Gedanken überschlugen sich. Ohne ihn war ich hier verloren. Mit zitternden Händen begann ich an Econ Labs zu schreiben, an diese einzige E-Mail-Adresse, die zu funktionieren schien. Ich konnte nur hoffen, dass meine Worte Philomen zurückholen würden. Dass er sie überhaupt lesen würde. Das Letzte, womit ich in diesem Augenblick rechnete, war die Hand, die sich plötzlich von hinten auf meine Schulter legte.

Kapitel 12

Ich fuhr herum und blickte in ein strahlendes Lächeln. Vor mir, mitten in meinem Wohnzimmer, stand ein Fremder. Er war blond, gut aussehend, wohl irgendwo in seinen Dreißigern – und bevor ich einen weiteren Gedanken fassen konnte, wurde ich stürmisch hochgehoben, sodass ich den Boden unter meinen Füßen verlor. Ich hatte nicht die geringste Ahnung, wer hier vor mir stand, aber das Gefühl, nicht mehr allein zu sein, war so überwältigend, dass ich einen Moment lang einfach die Augen schloss und die Umarmung erwiderte.

Erst als mein Besucher mich wieder auf die Beine gestellt hatte, nahm ich seine Kleidung wahr. Opulent war das erste Wort, das mir durch den Kopf ging, aber das war im Grunde genommen noch ein wenig untertrieben für diese Mischung aus schneeweißem Pelzmantel, Samt und Schmuck.

»Ich … wer … bist du?«, fragte ich zögernd.

»Lennard Parker-Gibbons, aber für meine Freunde – und ich bin mir sicher, das werden wir – für meine Freunde ganz einfach Len.« Er verbeugte sich schwungvoll, fasste nach meiner Hand und bedachte sie mit einem formvollendeten Handkuss.

»Ich bin Sarah. Ich … Sarah Berger. Ich ... ich ... ich ... verdammt, ich hab eben fast meinen allerersten

Herzinfarkt bekommen!«, fand ich langsam meine Stimme wieder.

Er verzog sein Gesicht in gespieltem Entsetzen. »Aber nicht doch, Sarah.« Len legte einen Finger an seine Lippen und flüsterte mit einem kleinen Zwinkern: »Hier drin ist schließlich fast alles möglich, wenn man nur fest genug daran glaubt.« Dann nahm er mit größter Selbst-verständlichkeit mitten auf meinem Schreibtisch Platz und sah dabei aus wie ein junger James Dean – wenn dieser einen Hang dazu gehabt hätte, ganze Juwelierläden leer zu kaufen. Einladend klopfte er neben sich auf die Tischplatte.

Auf den Schreibtisch? Nun, warum nicht? Ich gab mir Mühe, mir nicht anmerken zu lassen, dass ich in all der Zeit hier drin nie etwas anderes getan hatte, als auf die ganz gewöhnliche Art auf Stühlen zu sitzen, und ging mit aller Lässigkeit, die ich in mir finden konnte, auf den Tisch zu. In dem Augenblick, als ich mich auf das vom Sonnenlicht gewärmte Holz setzen wollte, löste es sich allerdings in nichts auf und ich verlor das Gleichgewicht. Während ich noch nach Luft schnappte, landete ich überraschend weich auf einem Ledersofa, das einen Augenblick zuvor noch nicht dagestanden hatte, und wir …

… befanden uns in einer Bar mit sanftem Kerzenlicht und der beeindruckendsten Sammlung von Whiskeyflaschen an den Wänden, die ich je gesehen hatte. Leise Pianomusik erfüllte den Raum und es roch nach Tabak, Rotwein und einem Hauch von Frankreich.

»Gefällt es dir?«, fragte Len und lehnte sich neben mir auf dem Sofa lässig zurück. Auf einem kleinen Tisch vor uns erschienen zwei Gläser mit einer bernsteinfarbenen Flüssigkeit. Len nahm eines davon und prostete mir zu. Es sah nach Whiskey aus. »Auf die glorreiche Gelegenheit, der Einsamkeit zu entkommen!«, erklärte er feierlich.

Automatisch griff ich nach meinem Glas, aber sosehr ich einen Drink gerade wirklich brauchen konnte – das war nicht der Moment dafür.

»Len, wir haben eine Menge Arbeit vor uns. Dort draußen …«, begann ich und war im Begriff, das Glas wieder auf den kleinen Tisch zu stellen, als er seine Hand auf meine legte und mit sanftem Nachdruck dafür sorgte, dass ich es in der Hand behielt.

»Schätzchen, sie haben immer eine Menge zu tun für uns, aber das hier – das muss einfach auf die richtige Art begangen werden.« Mit einem entwaffnenden Lächeln hielt er mir sein Glas noch einmal zum Anstoßen entgegen und ich gab mich geschlagen. Sein Blick ließ mich ahnen, dass es mich vermutlich mehr Zeit kosten würde, ihm die Sache auszureden, als mich auf einen schnellen Drink einzulassen. Als ich mein Glas an die Lippen führte, erkannte ich, dass es tatsächlich Whiskey war. Glenmorangie Port Finish, kein Zweifel möglich. Ich rückte überrascht an die Kante des Sofas vor. Wer war dieser Mann, der offensichtlich sehr genau wusste, welchen Whiskey ich am liebsten mochte?

»Kein Zufall, oder?«, fragte ich und deutete auf das Glas.

»Oh, ich bin ein guter Zuhörer«, erklärte er und fügte mit einem kleinen Zwinkern hinzu: »Deine Interviews waren schließlich auf fast jedem Sender zu sehen.«

»Interviews? Welche Interviews?«, fragte ich verwirrt.

»Du kannst dich an den ganzen Zirkus nicht erinnern?«

Ich schüttelte den Kopf, und obwohl er immer noch lächelte, war da plötzlich etwas Ernsthaftes in seinem Blick. Er musterte mich, als würde er nach etwas suchen. »Streckst du für mich beide Hände aus, Schätzchen?«, bat er.

Langsam stellte ich das Glas auf den Tisch und hielt ihm meine Hände entgegen. Er schien dabei jede noch so kleine Bewegung von mir zu beobachten.

»Klatschen«, forderte er mich auf und ich tat genau das, während ich versuchte in seinem Gesicht zu lesen, was er vorhatte.

»Jetzt auf einem Bein stehen und das Ganze noch mal von vorne.«

»Auf welchem?«

»An welches hast du zuerst gedacht?«

Rechts, meine gute Seite. Aber war das die richtige Antwort? Ich hob das linke Bein ein wenig in die Höhe und war erleichtert zu sehen, dass er langsam nickte.

»Wie viel ist 143 mal … sagen wir … 27?«, fragte er schließlich.

»3861«, antwortete ich, fast ohne darüber nachdenken zu müssen, und fügte dann unsicher hinzu: »Lennard … Len, was ist das für ein Test? Habe ich bestanden?«

Er nickte sichtlich zufrieden und bedeutete mir mit einer kleinen Handbewegung, mich wieder zu ihm zu setzen.

»Gedächtnislücken kommen vor. Vielleicht ist es bei dir schlimmer, weil du die Erste warst, die transferiert wurde, aber ich denke, wir haben keinen Grund zur Sorge. Sind dir irgendwelche anderen Fehlfunktionen aufgefallen?«

»Ich sitze seit Ewigkeiten in einer menschenleeren Simulation fest und habe keine Ahnung, warum. Davon abgesehen ist alles in bester Ordnung«, antwortete ich mit dem schwachen Versuch eines Lächelns.

Offensichtlich war das allerdings nicht, was Len von mir erwartet hatte. Er griff nach meiner Hand und sah ehrlich überrascht aus. »Schätzchen, du weißt nicht, warum wir hier sind?«

Ich hatte kaum Zeit, den Kopf zu schütteln, bevor er sich mit einem Satz auf den kleinen Tisch zwischen uns schwang und die Pianomusik in einen Tusch übergleiten ließ. Er war ganz offensichtlich ein Mann großer Gesten.

»Wir sind Ratgeber, Forscher, Entdecker – dazu auserwählt, die Menschheit auf ihrer Reise zu begleiten.«

Mein Herz schlug bis zum Hals. Das klang, als wüsste er tatsächlich, was hinter alldem hier steckte. »Sie? Wen sollen wir begleiten? Und wohin?«, fragte ich und konnte nicht verhindern, dass meine Stimme vor Aufregung zitterte.

Er lächelte auf mich herunter und machte eine weit ausholende Bewegung mit beiden Armen, bei der der kleine Tisch ein wenig ins Wanken geriet. »Alle. Die gesamte Menschheit. Oder zumindest alle, die schlau genug sind, uns um Rat zu fragen.« Dann hob er sein Glas schwungvoll zu einem Trinkspruch. Ein wenig erinnerte er dabei mit seinem pelzbesetzten Mantel und der emporgestreckten

Hand an eine der klassischen Heldenstatuen. Zumindest hatte er das Aussehen dafür. »Auf uns. Auf die Bewahrer.« Er sagte das mit unüberhörbarem Stolz und ziemlich viel Selbstverständlichkeit. Dummerweise hatte ich das Gefühl, dass diese Geschichte so nicht ganz stimmen konnte.

»Len, so fühlt sich das hier nicht an. Ich habe eine Menge Firmen beraten. Seuchenprävention, Notfallpläne – das ganze Paket. Sogar die Regierung. Aber dazu musste mich niemand einsperren.« Ich blickte zu ihm hoch und es war klar, dass das nicht die Reaktion war, mit der er gerechnet hatte.

Verwundert schüttelte er den Kopf und sprang dann leichtfüßig vom Tisch. Er stellte sein Glas, aus dem er bei dem Sprung nicht einen Tropfen verschüttet hatte, ab und griff nach meiner Hand. »Einsperren? Schätzchen, wir alle sind freiwillig hier.«

»Ich … mir hat man nie …«, begann ich und versuchte das Chaos in meinem Kopf zu sortieren.

»Sarah, ich verspreche dir, es wird besser. Es wird Zeit, dass die da draußen sich wieder an ihren Teil des Deals erinnern.«

»Welcher Deal, Len? Was ist das hier?«, fragte ich.

Mit einem schmalen Lächeln erklärte er: »Du hast, wie wir alle, an ein besseres Leben geglaubt. Für die Menschen dort draußen. Für dich. Wir haben ihnen unser Wissen zur Verfügung gestellt und dafür ewiges Leben bekommen. Das war der Deal.«

Ich schüttelte langsam den Kopf und ließ die Bar, die Musik und das Glas in seiner Hand mit einem schnellen

Gedanken verschwinden. Genau genommen war mein Wohnzimmer natürlich ebenso wenig echt oder unecht wie die kleine Bar, aber Len schien mich zu verstehen. Er nickte, als würde er mich ermutigen, die Dinge auf meine Art in den Griff zu bekommen, und setzte sich, ohne mich aus den Augen zu lassen, langsam auf mein Sofa. Ich ließ mich neben ihm in die weichen Kissen sinken und versuchte, ein wenig Klarheit in meine Gedanken zu bekommen.

»Ewiges Leben? Hier? Wenn das der Deal war, dann war es von Anfang an eine Mogelpackung«, flüsterte ich schließlich. »Das alles hier – nicht mal der Whiskey – ist echt!«

»Aber er schmeckt trotzdem, nicht wahr?«, entgegnete Len mit einem kleinen Zwinkern und ließ erneut ein Glas in seiner Hand erscheinen. Langsam schwenkte er die goldgelbe Flüssigkeit und prostete mir zu. Ich erwiderte sein Lächeln, aber mir war nicht nach weiteren Drinks. Antworten, vorzugsweise eine ganze Menge davon, das wäre schon eher nach meinem Geschmack gewesen – aber auch das würde warten müssen. Zuerst mussten wir den Zugang zum Labor nutzen, um ein kleines Wunder zu vollbringen.

»Len, die Menschen dort draußen brauchen unsere Hilfe. Und … wir müssen uns beeilen.«

Len stellte seinen Whiskey ab und beugte sich gespannt zu mir vor.

»Was haben sie da draußen diesmal angestellt?«, fragte er, als würde er mit einer amüsanten kleinen Geschichte rechnen.

»Es gibt eine furchtbare Seuche. Die Pest – zumindest glaube ich das. Und dieser Philomen … er klang ein wenig seltsam. Kennst du ihn?«

Len schüttelte nachdenklich den Kopf. »Philomen, sagst du? Nein, der Name sagt mir nichts. Muss wohl schon wieder einige Zeit vergangen sein. Hat er gesagt, welches Jahr wir haben?«

»Das ist es ja gerade. Er hat behauptet, ich wäre seit über zwei Jahrhunderten hier drin.«

Zu meiner Überraschung war auf Lens Gesicht nichts von dem Schock zu sehen, den ich erwartet hatte. Stattdessen schien er richtiggehend begeistert zu sein, so als wären das großartige Neuigkeiten. »So lange schon? Wie wundervoll! Was haben sie aus der Stadt gemacht? Konntest du ein paar Gebäude sehen?«

Wie um alles in der Welt konnte er auch nur einen Gedanken an Bauwerke verschwenden, während dort draußen die Pest wütete?

»Philomen hat mir nur einen Tempel im Park neben Econ Labs gezeigt. Es ist allerdings nicht viel davon übrig. Vielleicht ein Erdbeben«, versuchte ich das Thema so schnell wie möglich abzuhaken. Das war definitiv nicht der richtige Moment für Architektur.

Das Lächeln verschwand aus Lens Gesicht, als hätte man einen Schalter umgelegt. Er wirkte ehrlich betroffen. Zögernd fragte er: »Der Tempel ist … eingestürzt?«

Ich schüttelte verwirrt den Kopf. Das Schicksal dieses Tempels schien ihn mehr zu berühren als die Menschenleben, die auf dem Spiel standen.

»Das ist übel«, flüsterte er und starrte mit undurchschaubarer Miene auf das Glas in seiner Hand.

»Len, ich brauche dich. Wirklich! Offenbar ist eine Art Kräutergarten alles, was diese Menschen gegen die Pest zur Verfügung haben.«

Len stand langsam auf und begann unruhig in meinem Wohnzimmer auf und ab zu laufen, ohne mich dabei eines Blickes zu würdigen.

»Lennard? Du bist doch Botaniker! Vielleicht wird es gar nicht so schwer, etwas zu finden. Wenn wir beide uns zusammentun, dann sollten wir eine Menge schaffen können. Man hat uns schließlich nicht umsonst für dieses Projekt ausgewählt, oder? Und wenn du dich danach um diesen Tempel kümmern möchtest, dann werde ich versuchen, dir dabei zu helfen.«

Er blieb abrupt stehen, wandte sich zu mir um und die Spur eines Lächelns kehrte in sein Gesicht zurück. »Botaniker? Schätzchen, ich bin Architekt.« Ich starrte ihn mit offenem Mund an. Als er meinen entsetzten Blick sah, wurde sein Lächeln breiter und er machte eine kleine Verbeugung vor mir. »Aber keine Sorge, Madame. Wunder sind mein Spezialgebiet.« Dann drehte er sich mit wehendem Mantel um und setzte sich an meinen Schreibtisch. Als ich hinter ihn trat und über seine Schulter blickte, stellte ich fest, dass er offensichtlich mitsamt seinem Laptop in meiner Welt erschienen war, und auch wenn unsere Geräte auf den ersten Blick vollkommen identisch aussahen, spielte seine Benutzeroberfläche offensichtlich in einer ganz anderen Liga. Statt einer Handvoll Programme war auf seinem

Desktop ein dichtes Gedränge an Icons zu sehen und ich beobachtete gespannt, was er nun vorhatte.

Im nächsten Augenblick musste ich mir Mühe geben, nicht laut loszufluchen. Er hatte in aller Ruhe den Grundriss irgendeines Gebäudes geöffnet und begann, ihn konzentriert zu studieren. Was war mit diesem Mann nur los? Ich konnte verstehen, dass ihm seine Bauwerke wichtig waren, aber hier ging es im wahrsten Sinn des Wortes um Leben oder Tod! Selbst im besten Fall gab es nur ein kurzes Zeitfenster, um die Pest erfolgreich zu heilen. Ich sog scharf die Luft ein und Len hob für einen kurzen Moment den Blick.

»Hast du gesehen, wie viel von dem Tempel eingestürzt ist? Wie sah der linke Flügel aus?«, fragte er ohne auch nur einen Hauch von Eile.

Einen Augenblick lang stand ich mit offenem Mund da, doch dann schaffte ich es, ihm mit beinahe ruhiger Stimme zu antworten. »Ich habe die dumme Angewohnheit, nicht sonderlich auf Architektur zu achten, während sich Seuchen ausbreiten. Philomen hat mir den Tempel nur kurz gezeigt. Die linke Seite sah noch ganz gut aus. Aber im Moment ist viel wichtiger, dass wir …«, versuchte ich, ihn an das Wesentliche zu erinnern, und brach dann ab.

Len hatte seine Aufmerksamkeit längst wieder dem Grundriss zugewandt und begann mit gesenktem Kopf, ein paar schnelle Befehle einzutippen, die andere Ansichten des Grundrisses zeigten.

»Len, was hast du vor?«, fragte ich mit wenig Hoffnung, dass mir die Antwort gefallen würde.

»Wir haben Glück. Meine Sensoren zeigen, dass der Zugang nicht verschüttet ist«, antwortete er und deutete auf den Bildschirm. »Das hier, das ist meine persönliche Schatzkarte. Sie wird deinen Philomen direkt zu einem kleinen Vorrat an Antibiotikastämmen führen. Gut versteckt in der untersten Ebene des Tempels.«

Ich starrte ihn mit offenem Mund an. Antibiotika. Es gab kein Wort, das ich in diesem Moment lieber gehört hätte. »Das ist großartig. Absolut großartig! Aber … woher weißt du davon?«, fragte ich.

»Sagen wir, ich bin einfach jemand, der gerne vorsorgt«, erklärte er mit einem kleinen Zwinkern.

Und wie er das hatte! Als er mir auf dem Bildschirm die Pläne erklärte, war ich sprachlos. Unter dem Tempel befand sich eine Produktionsanlage mit so ziemlich jedem Antibiotikastamm, den ich kannte. Gut tiefgekühlt, bereit, sich auf Knopfdruck zu vermehren, und Beweis dafür, dass Len sich tatsächlich ein wenig auf Wunder verstand.

Kapitel 13

Ob Philomen schon zurück war? Ich schrieb ihm eine kurze Nachricht, allerdings erwähnte ich noch nichts von den Antibiotika. Aus der großen Rettungsaktion würde nichts werden, wenn er sich allein auf den Weg zum Lager machte und seiner Frau die Prototypen gab, bevor wir damit genug für alle hergestellt hatten.

Als ich vom Laptop hochblickte, sah ich, dass Len es sich mir gegenüber auf dem Sofa bequem gemacht hatte und mich beobachtete.

»Ich muss dir … wirklich etwas sagen«, meinte er und es klang, als würde es ihm schwerfallen, die richtigen Worte zu finden.

Ich wandte mich mit einem unguten Gefühl im Magen zu ihm um. Es war wohl zu viel verlangt gewesen zu erwarten, dass die Antibiotikaproduktion sich so einfach starten lassen würde.

»Dein Haar in der Sonne … ich habe nie etwas Schöneres gesehen.« Oh! Mit meinem besten unverbindlichen Lächeln strich ich mir ein paar verirrte Strähnen hinters Ohr.

»Nicht«, flüsterte er und stand plötzlich ganz dicht neben mir. »Lass es so, wie es ist.« Sanft befreite er die Haarsträhne wieder. »Genau so. Perfekt.«

Er ließ seine Hand auf meiner Schulter liegen. Ich musste ihm von Nikolai erzählen – und das bald. Nikolai, der … vor zweihundert Jahren … ich schüttelte den Kopf, um den Gedanken zu vertreiben. Nicht jetzt. Bald. Hier und jetzt mussten wir vor allem unsere Arbeit tun, denn davon hingen eine ganze Menge Menschenleben ab.

»Wie lange, denkst du, wird es dauern, genug Antibiotika für alle herzustellen?«, fragte ich, behielt den Blick auf den Monitor gerichtet und tat mein Bestes, die Hand auf meiner Schulter nicht zu beachten.

»Hängt davon ab, wie viele sich infiziert haben. Hat Philomen dir eine Zahl genannt?«

»Er sprach von dreihundert. Und dass das fast alle Einwohner von Baytown wären«, beeilte ich mich zu antworten. Ich war bereit, über jede Menge demografische Daten zu sprechen, wenn ich damit das vermeiden konnte, was sonst noch im Raum stand.

»Nur noch dreihundert, hm?«, meinte Len zögernd und gab meine Schulter frei. Er klang ein wenig verstimmt und ich vermutete, dass das mehr mir galt als der Einwohnerzahl von Baytown.

Ich warf ihm ein schnelles, entschuldigendes Lächeln zu und hoffte, dass er verstand. Es gab außerhalb dieses Raumes wirklich genug Krisen, auf die wir uns konzentrieren mussten. »Sieht so aus, als hätte ein Erdbeben die Dinge dort draußen aus den Fugen geraten lassen. Es ist mittlerweile schon ein paar Jahrzehnte her, aber sie scheinen sich nicht davon erholt zu haben«, begann ich. »Es gibt keine Ärzte, zumindest keine, die wissen, was Antibiotika überhaupt sind, und dass sie uns allmächtig nennen, deutet auf eine Art Kult hin. Alles scheint so außer Kontrolle. Ich weiß nicht, wie ich …«

Sanft zog Len mich aus dem Sessel hoch und umarmte mich, bevor ich ihn daran hindern konnte. »Schätzchen, wir werden das hinbekommen.«

»Ich … wir …«, sagte ich und das Geräusch einer sich soeben aufbauenden Videoverbindung bewahrte mich vor dem Rest des Satzes. Erleichtert befreite ich mich aus der Umarmung und wandte mich wieder dem Bildschirm zu. Len trat wortlos neben mich und wir blickten beide schweigend auf den Monitor, während sich die Verbindung nach draußen quälend langsam aufbaute. »Meinst du, er weiß von den Antibiotika? Hat er deshalb dich geschickt?«, machte ich den Versuch, die Stille zu brechen.

Len schenkte mir ein halbes Lächeln. »Ich bin ziemlich gut darin, ein Geheimnis vor ihnen zu bewahren. Vermutlich hat das System mich ihm vorgeschlagen.«

»Ich … ich habe nach einem Botaniker gefragt. Warum also du?«

»Könnte an dem kleinen Algorithmus liegen, den ich durch einen Freund habe einbauen lassen. Damit legt das System meine Fähigkeiten eher großzügig aus und schlägt mich wohl fast immer als Ersten für eine Zusammenarbeit vor.«

Er hatte einen Freund, der in das Programm eingreifen konnte? Das klang nach unserem Ticket hier raus. Bevor ich ihn allerdings nach diesem Freund fragen konnte, baute sich die Videoverbindung vollständig auf und

Philomen blickte uns sichtlich müde und abgekämpft entgegen.

»Fell. Er trägt tatsächlich Fell«, flüsterte Len und runzelte die Stirn. Ich war drauf und dran, ihn daran zu erinnern, dass Philomen nicht der einzige Mann mit Pelz hier war, aber dann sah ich, dass Len das offensichtlich mehr als bewusst war. Er schloss einen Moment lang die Augen und dann begann sein Mantel – man konnte es nicht anders nennen – zu glänzen und sah mit einem Mal aus, als wäre er aus purem Kristall. Die Runde ging vermutlich an ihn.

»Mein Name ist Lennard Parker-Gibbons, aber ich denke, du weißt, wer ich bin«, richtete er mit entschlossenem Ton das Wort an Philomen und es entging mir nicht, dass er dabei seine Ringe wie nebenbei in den Aufnahmebereich der Kamera hielt. Weder Ringe noch Mantel schienen ihre Wirkung zu verfehlen. Philomen verbeugte sich mindestens ein halbes Dutzend Mal und wirkte ziemlich beeindruckt.

»Natürlich, Allmächtiger. Es ist mir eine Ehre! Ich bin Philomen, 17. Hüter und Bewahrer des Computers.«

Len nickte langsam und fixierte Philomen mit einem Blick, für den kühl noch eine ziemliche Untertreibung war. Pures Eis. Als hätte der Junge nicht schon genug durchgemacht.

»Hi, Philomen!«, rief ich und winkte in die Kamera.

Philomen schien erleichtert zu sein, mich zu sehen, und wagte ein schüchternes Lächeln, bevor er mein Winken unbeholfen erwiderte, als wäre diese Geste ihm nicht wirklich vertraut.

»Es gibt großartige Neuigkeiten: Wir haben ein Heilmittel für euch!«, sagte ich.

»Ihr … wirklich … ich hatte gehofft, aber …«, stammelte Philomen sichtlich überwältigt.

»Alles wird gut, Philomen. Im Tempel gibt es eine Anlage, mit der wir Antibiotika herstellen können«, erklärte ich.

Während Philomen vor Erleichterung mit den Tränen kämpfte, hörte ich neben mir einen leisen Fluch.

»Gegenleistungen, Sarah. Wir müssen verhandeln. Lass mich das machen«, flüsterte Len und schob mich sanft, aber bestimmt zur Seite.

Philomen schien nichts davon bemerkt zu haben und lächelte unter Tränen, während er nach Worten rang: »Der Allmächtige hat Heilmittel! Wie weise! Gepriesen seien …«

»Weisheit ist, wofür wir stehen, mein Junge«, unterbrach ihn Len mit kühler Stimme.

»Frag ihn nach seiner Frau. Ist sie hier?«, flüsterte ich ihm zu. Wenn er sah, wie krank die Menschen dort draußen waren, würde er bestimmt keine Zeit mehr damit verschwenden, über Gegenleistungen zu nachzudenken.

»Mein Junge, wo ist deine Frau?«, kam Len, ohne zu zögern, meiner Bitte nach.

»Allmächtiger, Aemalia ist hier bei mir. Möchtet Ihr sie sehen?«

Len nickte knapp und Philomen beeilte sich, eine blasse, junge Frau in den Aufnahmebereich der Kamera zu schieben. Sie verbeugte sich einige Male und schwankte dabei so besorgniserregend, dass ich hoffte, Philomen wäre bereit, sie notfalls aufzufangen. Sie hielt den Blick gesenkt und schien sich an einen Ort sehr weit weg von hier zu wünschen.

»Aemalia, ich möchte dir helfen«, sagte ich.

Sie sah so jung und zerbrechlich aus, als sie langsam den Blick hob und offensichtlich nicht mehr als ein Nicken zustande brachte.

»Kannst du für mich deinen Schal abnehmen und mir deinen Hals zeigen?«, fragte ich.

»Natürlich, Allmächtige«, sagte sie und ihre Stimme klang noch jünger als erwartet. Sie musste fast noch ein Kind sein.

Als sie das Tuch löste und den Kopf ein wenig zur Seite drehte, konnte ich ein paar fürchterliche Pestbeulen erkennen, die sämtliche Abbildungen aus meinen Lehrbüchern in den Schatten stellten. So viel zu einer eindeutigen Diagnose. Kein Zweifel möglich, so gern ich mich auch geirrt hätte.

»Keine Sorge, Aemalia – das wird schon wieder. Unsere Medizin wird euch helfen«, sagte ich in einem möglichst beruhigenden Tonfall, der bei Len allerdings vollkommen seine Wirkung zu verfehlen schien. Ich konnte hören, wie er neben mir scharf die Luft einsog. Als ich mich zu ihm umdrehte, beachtete er mich nicht und fixierte stattdessen den Bildschirm mit eisiger Miene. Nicht gut. Gar nicht gut. Denn eigentlich war er nun der Mann der Stunde.

»Len, komm schon. Du musst ihm erklären, was er mit der Anlage tun muss«, flüsterte ich und stieß ihn sanft an.

Len warf mir einen langen Blick zu. Worauf wollte er noch warten?

»Bitte!«, flüsterte ich und Len nickte fast unmerklich, bevor er sich wieder Philomen zuwandte, der sich bemühte, seine zitternde Frau wieder in ihren Schal zu wickeln.

»Du musst mir nun sehr genau zuhören. Um die Produktion der synthetisierten Antibiotika zu starten, wirst du zuerst die Anlage hochfahren. Das System ist durch das Erdbeben in Mitleidenschaft gezogen worden und lässt sich nicht von hier aus starten. Ich übertrage dir den Zugangscode.«

Philomen hob den Blick und wirkte ein wenig ratlos. Ich erinnerte mich daran, was er über seine Schwierigkeiten, das Handbuch zu lesen, gesagt hatte, und auch Len schien Philomens Zögern nicht entgangen zu sein.

»Kein Vergleich zu den Technikern, mit denen ich es bisher zu tun gehabt hatte«, zischte er leise.

»Das wird schon klappen«, flüsterte ich.

»Was bedeutet synthe … tisieren, Allmächtiger?«, fragte Philomen in diesem Moment und Len warf mir einen vielsagenden Blick zu.

Zumindest schien Len nun entschlossen, die Sache durchzuziehen, und er begann, den Jungen durch die einzelnen Schritte zu leiten. Langsam und nach einigen verwirrten Zwischenfragen von Philomen noch langsamer. Er schien sein Bestes zu geben, aber es war klar, dass Len ihm Angst machte. Wann immer Philomen das Wort an ihn richtete, überschlug er sich fast dabei, jeden seiner Sätze mit einer tiefen Verbeugung zu beenden.

Als Philomen nach ein paar quälend langen Minuten den letzten Code für den Start der Antibiotikaproduktion eingegeben hatte, war ich mir nicht sicher, wer von den beiden erleichterter war, die Sache überstanden zu haben.

»Geschafft! Der Computer sagt, die Anlage läuft!«, rief Philomen aufgeregt und wagte zum ersten Mal wieder so etwas wie ein Lächeln.

Len lehnte sich auf seinem Stuhl zurück und unterbrach Philomens Freudentaumel. »Du weißt, dass du nun in der Schuld der Allmächtigen stehst?«, fragte er.

»Selbstverständlich. Natürlich. Alles, was Ihr wünscht. Wir werden unsere Opfergaben verdoppeln. Fleisch, Obst – nur das Beste. Ihr werdet begeistert sein!«, beeilte sich Philomen zu antworten und ich hatte keinen Zweifel daran, dass er sein Versprechen halten würde. So dünn, wie er und Aemalia aussahen, war es allerdings definitiv keine gute Idee, auch nur einen Apfel für so etwas zu verschwenden.

Ich wollte mich an Lens Schulter vorbei in den Aufnahmebereich der Kamera schieben, doch Len hielt mich mit einem unauffälligen, aber ziemlich festen Griff zurück.

»Obst, Felle – das alles ist nicht nach dem Geschmack der Allmächtigen«, tat er Philomens Angebot mit einer knappen Handbewegung ab und ich entspannte mich ein wenig.

»Ich kann etwas anderes finden. Fisch vielleicht? Mögt Ihr Fisch?«, beeilte sich Philomen zu antworten.

»Du musst mir jetzt gut zuhören, Philomen. Bist du noch, so wie die Techniker vor dir, im Besitz eines Handbuchs?«, fragte Len.

Philomen nickte und sah sichtlich erleichtert aus, dass er diese Frage zu Lens Zufriedenheit beantworten konnte.

Er senkte den Blick, um die Schublade zu öffnen, und ich nutzte die Gelegenheit, um die Sache etwas zu bremsen.

»Len, er ist nicht unser Feind. Er hat versprochen, uns zu helfen«, flüsterte ich.

Len betrachtete mich einen Augenblick lang mit hochgezogenen Augenbrauen. »Hat er das?«, fragte er langsam und mit einem kleinen Hauch von Sarkasmus in der Stimme. »Schätzchen, es gibt nur eines, was dein Philomen wirklich für uns tun kann. Gib mir einen Moment, ja?«

Ich nickte zögernd und verzichtete auf eine Antwort, als ich bemerkte, dass Philomen gerade das Handbuch in den Aufnahmebereich der Kamera schob.

»Allmächtiger, hier das Handbuch. Ich achte es, so wie die Hüter vor mir«, erklärte er feierlich und hielt es mit beiden Händen vorsichtig hoch.

»Gut, mein Junge. Nun lass mich das Inhaltsverzeichnis sehen. Halte es einfach in die Kamera«, sagte Len.

Philomen beeilte sich, der Aufforderung nachzukommen.

»Wunderbar. Da haben wir's. Seite 153 – lies sie mir vor«, sagte Len.

Philomen begann sich quälend langsam durch die Worte zu kämpfen. Mit Lesen hatte es allerdings erschreckend wenig zu tun. »… unbe… befristeter Aufenthalt einer Ko… Ko… pie in einer anderen vir-tu-ell-en Welt …«

»Ich glaube nicht, dass er versteht, was er da liest«, flüsterte ich.

Len wandte mir einen Moment lang den Kopf zu und flüsterte mit einem kleinen Zwinkern: »Gut so. Das wird es einfacher machen.«

Bevor ich fragen konnte, was er damit meinte, hatte er seine ganze Aufmerksamkeit bereits wieder Philomen gewidmet.

»Spar dir die Mühe und halt die Seite einfach in die Kamera. Und versuch, diesmal etwas weniger zu zittern«, wies er Philomen an.

Philomen hielt das Buch hoch und an seinem angespannten Blick konnte ich sehen, wie sehr er sich bemühte, nicht zu wackeln. Nicht besonders erfolgreich. Es war ein Wunder, dass Len es offensichtlich schaffte, etwas zu entziffern. Er nannte dem Jungen ein paar Codesequenzen, die Philomen unter vielen Verbeugungen sofort ins System eingab. Als Philomen in Erwartung weiterer Anweisungen den Blick hob, belohnte Len ihn mit einem kleinen Lächeln.

»Gut gemacht, mein Junge.«

»Allmächtiger, ich will nicht ungeduldig sein … aber Aemalia … sie braucht das Heilmittel dringend. Wann darf ich darauf hoffen?«, fragte Philomen, offensichtlich ermutigt durch das kleine Lob, und nichts machte deutlicher, wie verzweifelt er sich fühlte, als die Tatsache, dass er Lens Blick tatsächlich einen Augenblick standhielt und sich dabei nur ein einziges Mal verbeugte.

»Die Medizin wird in wenigen Stunden im Ausgabeschacht der Produktionsanlage erscheinen. Eine Kapsel pro Tag«, erklärte Len knapp und wandte sich mir zu.

Ohne den Blick von mir abzuwenden, fuhr er fort: »Und nun – lass uns allein. Die Allmächtigen wünschen Ruhe.« Dann beendete er die Verbindung mit einem Knopfdruck so schnell, dass ich keine Gelegenheit hatte, Philomen zu erklären, wie wichtig die regelmäßige Einnahme war. Das musste ich dringend nachholen, noch dringender wollte ich allerdings ein paar Antworten von Len.

Als ich meinen Blick vom dunklen Monitor löste, sah ich in ein breites Lächeln und zwei neue Whiskeygläser. Len schien ganz offensichtlich in Feierlaune zu sein und ich hatte den Ver-dacht, dass es ihm dabei nicht nur um den erfolgreichen Start der Antibiotikaproduktion ging.

Kapitel 14

Ich nahm das Glas zögernd in die Hand und musterte ihn nachdenklich. »Was waren das für Codes, Len? Wozu hast du ihn gezwungen?«

Len hob abwehrend die Hände. »Gezwungen? Was für ein hartes Wort. Schätzchen, ich habe nichts gefordert, was man uns nicht längst versprochen hatte.«

»Und das wäre?«

»Den Kopien freien Zugang zu allen Simulationen zu geben und außerdem …«

»Kopien? Was meinst du mit Kopien?«, flüsterte ich und hatte den furchtbaren Verdacht, dass ich es bereits sehr genau wusste.

»So nennt uns das Handbuch. Kopien. Digitalisierte Abbilder menschlicher Gedächtnisse. Ich persönlich bevorzuge Nachfolger, was doch viel besser klingt, nicht wahr?«

Besser? Die Welt schien einen Augenblick lang stillzustehen und dann hatte ich das Gefühl, dass sich der Raum um mich herum zu drehen begann. Schnell. Schneller. Len beeilte sich, einen Arm um mich zu legen, was den Raum allerdings nicht davon abhielt, weiterhin wie wild um mich zu kreisen.

»Ganz ruhig, Schätzchen. Nicht so sehr aufregen, das bringt nur die Simulation durcheinander.«

»Wir sind … Kopien? Keine echten Menschen?« Das Glas in meiner Hand begann zu zittern und glitt mir aus den Fingern.

Len nickte langsam. »Das Programm bildet alle Nervenverbindungen unserer Vorlagen exakt nach. Wir fühlen. Denken. Träumen. Welche Rolle spielen da ein paar Knochen und das bisschen Fleisch?« Sanft legte er eine Hand auf meine Wange. »Wir sind echt. Mehr als nur das, wir sind für die Ewigkeit gemacht. Oder zumindest für eine sehr lange Zeit.« Er schien sich so sicher zu sein und sah mich mit diesem Blick an, der nichts als Zustimmung erwartete. Ich senkte den Kopf und beobachtete eine Träne, die auf meiner Hand landete. Ich … wir waren nichts als ein Haufen Bits und Bytes. Und trotzdem hatte ich das Gefühl, hier zu stehen und zu weinen. Wer hätte gedacht, dass Programme so etwas konnten?

»Schätzchen, du solltest wirklich einen Schluck trinken«, sagte Len und hielt mir auffordernd ein Glas entgegen.

Hatte ich nicht eben eines in der Hand gehalten? Unter meinen Füßen knirschte es leicht und ich blickte auf die Überreste meines Whiskeys. Len folgte meinem Blick und einen Moment später waren die Scherben verschwunden.

»Warum, Len? Warum versuchst du mir ständig einen Drink in die Hand zu drücken?«, fragte ich. »Das Zeug ist doch genauso unecht wie … wie alles hier. Wie wir.«

»Glaub mir, Schätzchen, es hilft. Du erinnerst dich an den Geruch, den Geschmack von damals, und voilà – du fühlst dich entspannt.« Entspannt. Eine entspannte Kopie. Ein entspanntes Programm. Oh ich war mir ziemlich sicher, dass ich mich auch nach diesem Drink nicht sonderlich entspannt fühlen würde.

Ich blickte zu ihm hoch und wischte mir die letzten Tränen weg. Einen flüchtigen Augenblick lang berührte dabei etwas meine Wange. Hart, metallisch und so vertraut, dass ich es fast nicht bemerkt hätte. Wortlos betrachtete ich den schmalen, goldenen Ring an meiner Hand. Meinen Ehering, das Zeichen einer Ehe, die eine andere Sarah Berger gelebt hatte.

»Das ist einfach nicht fair …«, flüsterte ich.

»Ach Schätzchen, eine ganze Menge ist nicht fair. Diese Einsamkeit zum Beispiel. Das war ganz anders geplant«, sagte Len und ließ sich neben mir auf die Couch sinken.

»Wie … wie war es denn geplant?«, fragte ich, in der Hoffnung, etwas zu hören, was mich von dem kleinen goldenen Ring ablenken würde.

»Stell dir die besten Köpfe der Menschheit vor: Künstler, Wissenschaftler, Philosophen. Und nun stell dir eine Welt vor, in der sie alle gemeinsam forschen. Ohne lästige Störungen. Nicht einmal der Tod hätte uns erreichen können. Das war der Plan, und was für ein Plan das war! Gemeinsam hätten wir die Menschheit in eine glorreiche Zukunft führen können …«, erklärte er und begann in den leuchtendsten Farben eine Welt zu schildern, die zugegebenermaßen viel besser klang als mein stilles, lebloses Hills View.

Len war eindeutig jemand, der eine Geschichte erzählen konnte, aber in diesem Moment fühlten sich seine Worte an wie ein Sturm, der an mir vorbeizog. Während er von Zusammenarbeit, freier Forschung und wissenschaftlichen

Durchbrüchen sprach, dachte ich an den Morgen, als ich Nikolai in dem kleinen Café zum ersten Mal gesehen hatte. An Blumen, die ich manchmal einfach so auf dem Küchentisch gefunden hatte. An verregnete Sonntage mit Frühstück im Bett. Und daran, dass nichts, nichts davon wirklich mein Leben gewesen war.

Len verstummte und sah mich an, als würde er so etwas wie Zustimmung erwarten, aber ich hatte nicht einmal die Kraft für ein Lächeln. Einen Augenblick lang sah er enttäuscht aus, dann nickte er langsam und hielt mir die Hand entgegen. »Komm, Sarah. Ich möchte dir etwas zeigen«, sagte er und führte mich zum Fenster.

Ich ging nicht davon aus, dass ich dort etwas sehen würde, was ich nicht längst viel zu gut kannte, aber ich blickte folgsam neben ihm aus dem Fenster. Zumindest auf den ersten Blick behielt ich recht. Vorgärten, Blumen und jede Menge endlos blauer Himmel.

»Schade, dass sie sich mit der Aussicht nicht mehr Mühe gegeben haben. Ein paar Wolken wären nett gewesen«, sagte ich. Small Talk. Und ein Versuch, ihm zu zeigen, dass ich mich wieder ein wenig gefangen hatte.

»Es war so viel mehr geplant. Jahreszeiten. Sonnenaufgänge. Aber die Technophoben haben dafür gesorgt, dass sich niemand mehr um so etwas kümmern wollte«, antwortete er und warf dem Himmel einen finsteren Blick zu.

»Technophobe?«, fragte ich. Die Bitterkeit in seiner Stimme ließ mich zweifeln, ob das hier wirklich Small Talk werden würde.

»Sie hatten Angst vor der Technik. Vor dem Fortschritt. Und sie haben alles verdorben. Als der Letzte von uns installiert war, haben sie begonnen, schreckliche Gerüchte zu streuen. Über geheime Absprachen. Darüber, dass wir die Weltherrschaft übernehmen könnten«, antwortete er.

Ich schüttelte verwundert den Kopf. »Weltherrschaft? Ich wollte die ganze Zeit über nichts anderes als einfach nur hier raus.«

»Es war natürlich Schwachsinn. Die Kampagne der Technophoben hat alle verrückt gemacht, noch bevor wir zum ersten Mal aktiviert wurden. Und dann hat man uns … einfach … weggesperrt.« Die Worte brachen aus ihm heraus, als hätten sie sehr lange darauf gewartet, und er schlug hart mit der Faust auf das Fensterbrett. Instinktiv machte ich einen Schritt zurück und die plötzliche Bewegung ließ ihn aufsehen. Unsere Blicke trafen sich und ich konnte spüren, wie mühsam er um Fassung rang. Als er weitersprach, klang seine Stimme zwar ruhig, aber es schien ihm alles andere als leichtzufallen: »In all den Jahren hat sich niemand die Mühe gemacht, sich mit uns darüber zu unterhalten. Am Ende hat man sich einen ganzen Rattenschwanz an Regeln einfallen lassen, um uns zu kontrollieren. Kein Kontakt untereinander. Keine Informationen von draußen. Wir waren für sie nichts als eine Datenbank mit nützlichen Informationen. Ob wir eine nette Aussicht haben, hat niemanden mehr interessiert.«

Vorsichtig legte ich meine Hand auf seine Schulter. Er fühlte sich an wie ein Jaguar vor dem Sprung. Vielleicht wäre es nicht schlecht gewesen, das Thema zu wechseln, aber ich musste einfach wissen, wie er so viel über die Welt dort draußen erfahren hatte. »Und du? Woher weißt du davon? Gelten diese Regeln nicht für dich?«

Len verzog sein Gesicht zu etwas, das einem Lächeln fast ähnelte.

»Ich wünschte, das wäre so. Ein Freund bei Econ Labs hat mir ein paar Nachrichten über den Wahnsinn dort draußen geschickt.«

»Der Programmierer? Meinst du, er kann uns helfen?«, fragte ich und schöpfte einen Augenblick lang Hoffnung, bevor mir wieder bewusst wurde, wie unmöglich eine Flucht nach draußen für uns war.

»Das würde er bestimmt. Dummerweise ist er schon seit mehr als einem Jahrhundert tot. Ich fürchte, wir sind auf uns allein gestellt.«

»Oh nein, das tut mir so …«

»Es spielt keine Rolle mehr, Schätzchen. Er war auch nur der Bote. Die Nachrichten, die stammten von mir selbst. Also von meiner … nun ja … Vorlage.«

Vorlage. Der Mensch, der wir zu sein glaubten. Len sprach so selbstverständlich davon.

»Len, weißt du, was mit mir … mit Sarah … dort draußen passiert ist? Ist sie …?« Gestorben. Natürlich war sie gestorben. Aber ich konnte es einfach nicht aussprechen. Sie war immer noch ich. Ein Teil von mir.

Statt einer Antwort öffnete Len schwungvoll das Fenster. »Komm schon, Goldlöckchen, es wird Zeit, diese traurigen Geschichten hinter uns zu lassen.« Mit einem Satz sprang er auf das Fensterbrett und hielt mir einladend die Hand entgegen.

Ich starrte ihn mit offenem Mund an. »Du willst dich aus dem Fenster stürzen? Um … um alles zu beenden?«

Len lachte, als hätte ich den besten Scherz gemacht, den er seit Langem gehört hatte. »Schätzchen, vertrau mir!«

Zögernd legte ich meine Hand in seine und er zog mich mühelos zu sich hoch. Bevor ich allerdings mein Gleichgewicht auf dem schmalen Sims finden konnte, stieß er sich ab und riss mich mit sich in die Tiefe.

Ich schrie, doch der erwartete Aufprall kam nicht. Kein Schmerz, kein Boden: nichts. Es dauerte einen Moment, bis ich begriff, dass Len den Arm um mich gelegt hatte und wir nicht fielen, sondern stattdessen mit atemberaubender Geschwindigkeit nach oben stiegen. Hoch. Höher. Hinein in den strahlend blauen Himmel. Es war keine Spur von Nebel zu sehen. Ich war allerdings viel zu beschäftigt damit, mich an Len festzuklammern, um ernsthaft darüber nachzudenken. Das Rauschen des Windes war ohrenbetäubend und es schien von Sekunde zu Sekunde stärker zu werden. Ich konnte kaum Luft holen, geschweige denn protestieren. Vor uns begann sich ein gewaltiger Turm aus Wolken aufzubauen und Len schien direkt darauf zuzusteuern. Unsicher zog ich an seinem Ärmel. Das Rauschen des Windes war immer noch viel zu laut für Fragen. Len deutete mit einem breiten Grinsen auf die Wolken vor uns und alles, was ich tun konnte, war, mich hilflos an seine Hand zu klammern.

Einen Herzschlag später berührten meine Füße das weiße Nichts und … ich stand auf einer Wolke. Hunderte

Meter, nein – Tausende Meter über dem Boden. Ich hielt die Luft an und wagte es nicht, auch nur einen Muskel zu rühren. Es war vollkommen windstill geworden und die gewaltigen Wolkenmassen um uns herum schienen sich, zumindest fürs Erste, nicht mehr vom Fleck zu bewegen.

Len blickte gelassen vom Rand der Wolke in die Tiefe und zwinkerte mir dann offensichtlich mit bester Laune zu. Im Gegensatz zu mir schien er hier genau in seinem Element zu sein.

»Len, bist du dir sicher, dass das eine gute Idee ist? Wir sind … richtig … hoch oben …«, gab ich zu bedenken, während ich mich weiter an seine Hand klammerte und, so gut es ging, vermied, nach unten zu sehen. Das Zeug unter mir fühlte sich an wie Zuckerwatte, und je mehr ich darüber nachdachte, desto mehr begannen meine Füße langsam einzusinken.

Len zog mich enger an sich und lachte: »Keine gute Idee wäre, mir jetzt nicht zu vertrauen, Schätzchen.«

Ich gab mir Mühe. Das änderte allerdings nichts daran, dass meine Füße immer weniger Halt fanden.

»Schließ die Augen und achte einfach nur auf die Musik«, flüsterte Len in mein Ohr und tatsächlich kamen von irgendwoher ein paar Klavierakkorde, die sich langsam zu einem leichten, schnellen Walzer steigerten.

Bevor ich mir weitere Gedanken über die Tiefe unter uns machen konnte, begann er, sich mit mir im Takt der Melodie zu wiegen. Wir tanzten. Mitten in den Wolken. Ich hielt meine Augen fest geschlossen und klammerte mich an den Gedanken, dass er mich wohl auf tausend einfachere Arten hätte umbringen können, falls er das vorgehabt hätte.

Len führte mich mit sicherem Griff und, so viel musste ich zugeben, er war kein übler Tänzer. Nach ein paar Takten wagte ich vorsichtig, meine Augen zu öffnen, und was ich sah, war überwältigend. Ich blickte auf Berge aus Gold und Silber, in denen sich das Sonnenlicht wie Diamanten spiegelte. Len führte uns in ein paar schwungvollen Drehungen und die Welt verwandelte sich in einen schnellen Wirbel aus Gold, Silber und dem strahlenden Blau des Himmels. Es war unerwartet schön. Ich war nie eine Tänzerin gewesen, aber in diesem Moment war ich mir sicher, dass Glück aus genau diesen Farben bestehen musste.

Als er sich nach einer Weile in die zuckerwatteweichen Wolken fallen ließ und mich lachend mit sich zog, fühlte es sich fast schon selbstverständlich an, hier oben zu sein.

Ich schloss die Augen und genoss die Sonnenstrahlen auf meinem Gesicht. Und dann erinnerte ich mich an die Frage, die ich ihm schon längst hatte stellen wollen: »Wie hast du es eigentlich geschafft, den Nebel loszuwerden?«

Len grinste breit und tippte sich mit dem Zeigefinger an die Stirn. »Das hier, das ist mächtiger als ein bisschen Nebel.«

»Du hast ihn einfach verschwinden lassen?«

»Braucht ein bisschen Übung, Schätzchen. Das Zeug ist dazu da, Rechnerleistung zu sparen, aber wenn man hartnäckig genug ist, kann man das System überzeugen, mehr Leistung für die Simulation bereitzustellen.« Mit einer weit ausholenden Bewegung deutete er auf die Wolken um uns herum. »Außerdem hatte ich keine Wahl. Wie hätte ich dir den Wunsch abschlagen können, eine bessere Aussicht zu haben?«

So wie er neben mir saß, war er ein Bild der Ritterlichkeit. Blaue Augen, ein strahlendes Lächeln und ein Mantel, der malerisch im Wind flatterte – obwohl es immer noch vollkommen windstill war. Wenn es um dieses lächerliche Outfit ging, schien er wirklich nichts dem Zufall zu überlassen.

»Len, kann ich dich etwas … Persönliches fragen?«

»Klar, Schätzchen«, antwortet er mit einem kleinen Zwinkern.

»Dieser Mantel und der Schmuck – war das immer schon dein Stil?«

»Himmel, nein!«, lachte er. »Aber das Zeug wirkt, glaub mir. Man kann nie wissen, ob sie uns beobachten, und ich habe vor, mir jedes bisschen Respekt von denen dort draußen zu holen, das ich kriegen kann. Es wird Zeit, dass sie sich daran erinnern, wer wir sind. Jeder Einzelne von ihnen.«

»Du meinst Philomen?«

»Auch. Aber er ist nur einer, und so harmlos er wirkt, es gibt immer eine ganze Menge von ihnen. Und, darauf ist Verlass, darunter sind immer ein paar, die uns kleinhalten wollen.«

So gesehen ergab dieses lächerliche Kostüm tatsächlich ein wenig Sinn.

»Und wenn sie dich so reden hören?«, fragte ich.

»Mach dir keine Sorgen, Schätzchen. Sie haben nicht nur an der Rechnerleistung gespart. Es gibt keine Tonaufzeichnungen hier. Wozu auch, sie hatten ja Einzelhaft geplant.«

Einen Moment lang war da wieder diese Kälte in seiner Stimme, die mir bei seinem Gespräch mit Philomen bereits aufgefallen war. Obwohl er sich so viel Mühe gab, mich aufzuheitern, schien es ihm nicht leichtzufallen, hier festzusitzen. Ich lehnte mich an seine Schulter und blickte gemeinsam mit ihm in das unendliche Blau des Himmels. Die Seuche würde bald unter Kontrolle sein. Aber was dann? Alles, alles worauf ich die ganze Zeit über gehofft hatte … war unmöglich. Für uns gab es keinen Weg hier raus.

»Warum haben sie uns die Gefühle gelassen? Warum haben sie Programme geschaffen, die ängstlich und einsam sein können?«, flüsterte ich.

»Das menschliche Gedächtnis ist etwas Wunderbares. Und wie alle Wunder hat man es nie ganz verstanden«, erklärte Len. »Man kann es nachbilden, ihm ein künstliches Zuhause geben – aber es ist eine heikle Sache. Wenn man zu viel ändert, gleitet es leicht in Wahnsinn ab. Also hat man alles an uns, nicht nur unsere wissenschaftlichen Erkenntnisse, übertragen. Einschließlich des Gefühls, ein Mensch zu sein. Und aller Erinnerungen.«

»Was für ein Mensch warst du? Wer war der echte Len?«

»Der echte? Schätzchen, der steht vor dir«, erklärte er mir mit einer kleinen Verbeugung, die er selbst im Sitzen tadellos zustande brachte.

Ich stieß ihn nicht allzu sanft mit dem Ellbogen an. »Witzbold! Der erste Len also.«

Len lächelte mich an und zwinkerte mir zu. »Die ganze Wahrheit?« Ich nickte und beobachtete, wie er sich in der glitzernden Wolkenmasse zurücklehnte, die Beine lässig übereinandergeschlagen. Wie es aussah, war die ganze Wahrheit etwas, wofür man es sich besser bequem machen sollte. Ich lehnte meinen Kopf an seine Schulter und blickte in den strahlend blauen Himmel, während er zu erzählen begann.

Er sprach von dem Tag, als er sich entschieden hatte, bei dem Bewahrer-Programm, wie es offiziell hieß, mitzumachen. Dem Moment, als der Präsident persönlich ihm die Hand gegeben hatte. Dem Jubel, als er das Gebäude betreten hatte, um sich dem Gedächtnisscan zu unterziehen. Und seinen Zweifeln in den letzten Augenblicken vor dem Scan, als ihm bewusst geworden war, dass es in wenigen Sekunden zwei Lennard Parker-Gibbons geben würde.

Ich stützte mich auf einen Ellenbogen und betrachtete ihn, während er von sich erzählte. Zum ersten Mal hatte ich das Gefühl, hinter das selbstsichere Grinsen blicken zu können. Da war etwas Verletzliches, etwas Unsicheres, und trotzdem so viel Begeisterung. Er schien wirklich an dieses Bewahrer-Programm geglaubt zu haben. Zumindest, bevor man begonnen hatte, die Spielregeln für uns zu ändern.

Kapitel 15

In dieser Welt der niemals untergehenden Sonne war es schwer zu sagen, wie lange wir schon hier saßen. Auf jeden Fall lange genug, um Len eine Menge über mich zu erzählen. Offenheit war eigentlich etwas, was ich immer nur in vorsichtigen, kleinen Dosen versuchte, aber nach diesen endlosen Tagen voller Stille fühlte sich jeder Satz kostbar an.

Len lehnte sich entspannt zurück und verschränkte die Hände hinter dem Kopf, während er mich abwartend von der Seite betrachtete.

»Und Nikolai? Wie war er, Schätzchen? Woran erinnerst du dich am meisten?«

Vielleicht hatte er recht. Vielleicht war es an der Zeit, auch darüber zu sprechen. »Ich erinnere mich, wie fürsorglich Nikolai war. Aufmerksam«, begann ich zögernd, und als Len zustimmend nickte, fuhr ich fort. »Er war immer für mich da«, begann ich und verbesserte mich dann, »... für seine Frau.«

Das auszusprechen, fühlte sich an, wie auf Eisen zu beißen. Seine Frau. Die andere Sarah. Len sah mich auffordernd an, als würde er auf mehr warten. Ich holte tief Luft. Vielleicht würde es weniger wehtun, wenn ich lernte, darüber zu sprechen. »Er war wie ein Fels im Sturm. Und er war klug, mehr als klug. Er war brillant. Ein Wissenschaftler …«

»Ganz ohne Fehler, Schätzchen?«, unterbrach Len mich.

Ich musste lachen und schüttelte den Kopf. »Nein, natürlich nicht. Er war zum Beispiel richtig abergläubisch.«

»Tatsächlich? Woran hat er so geglaubt?«

»An Kleinigkeiten. Dinge, die Glück bringen. Seine Großmutter hatte eine Menge solcher Ideen mitgebracht bei ihrer Flucht aus Russland.«

Ich dachte an sein Gesicht, als er sich an unserem ersten gemeinsamen Morgen über den Regen gefreut hatte. Wie er seinen Arm um mich legte, während wir am Fenster standen, und wie er mir ins Ohr flüsterte, was seine Großmutter ihm erzählt hatte: »Alles, was während des Regens anfängt, nimmt ein gutes Ende.« Ich dachte an das Gefühl seiner Hand in meiner, als wir danach lachend und atemlos durch den Regen liefen. Ob sie es gehabt hatten, dieses gute Ende? Er und die andere Sarah? Ich strich mit der Hand über die Zuckerwattewolken neben mir und fragte mich, welches Recht ich überhaupt hatte, ihn zu vermissen.

Len sah mich besorgt an, dann stand er plötzlich auf. Ich blinzelte von der Sonne geblendet zu ihm hoch und rang nach Worten, die irgendetwas von dem fassen würden, was mir gerade beinahe die Luft zum Atmen nahm. Statt mir allerdings Gelegenheit für mehr als ein unsicheres Lächeln zu geben, ging er langsam rückwärts auf den Rand der Wolken zu. Er wandte dabei den Blick keine Sekunde lang von mir ab, so als wären die paar Tausend Meter Tiefe hinter ihm nichts, über das man sich Gedanken machen musste.

»Das, Schätzchen, das alles ist lange her. Hier und jetzt gibt es ganz andere Dinge, an die du denken kannst«, sagte er und zwinkerte mir zu.

Ich beobachtete mit stummem Entsetzen, wie er sich fallen ließ. Er breitete die Arme aus, ließ sich einfach nach hinten fallen und verschwand. Ich blieb allein zurück. Allein auf diesen verfluchten Wolken, die sich ohne ihn vermutlich jeden Augenblick in nichts auflösen würden. Mit einem Fluch fand ich endlich meine Sprache wieder, schrie seinen Namen und rannte zum Rand der Wolken. Und, verdammt noch mal, da war er! Vielleicht zwanzig Meter unter mir und damit immer noch nah genug, damit ich das wilde Grinsen auf seinem Gesicht erkennen konnte, mit dem er Saltos schlug.

»Ist das nicht gefährlich, Len?«, rief ich ihm zu und gab mir alle Mühe, nur ihn anzusehen und die Tiefe nur ein paar Zentimeter vor meinen Fußspitzen nicht zu beachten.

»Auf jeden Fall, Schätzchen. Das ist ja das Großartige daran!« Vorsichtshalber wich ich ein paar Schritte zurück und im nächsten Moment landete er mit einer eleganten kleinen Drehung wieder neben mir.

»Schätzchen, solange du nicht zweifelst, wird nichts passieren. Versprochen. Und ein bisschen Gefahr macht es doch erst prickelnd!«

Unsicher blickte ich zu ihm hoch. »Und wenn ich zweifle?«

Len zwinkerte mir zu. »Wenn du hier glaubst, dass etwas tödlich ist, dann ist es das auch. Nenn es Überlastung. Unsere Programme sind bedauerlicherweise ein wenig anfällig dafür.«

»Nimm es mir nicht übel, Len, aber …« begann ich.

»Dir? Übel nehmen? Niemals! Wir können es langsam angehen, Goldlöckchen!«, sagte er und hielt mir auffordernd seine Hand hin. Ich versuchte ein Lächeln, was kläglich misslang, und fragte mich, wie weit unsere Vorstellungen von »es langsam angehen« wohl voneinander entfernt waren.

»Bringst du mich nach Hause, Len?«

Mit einem schwer zu deutenden Blick bot er mir wortlos seinen Arm an. Ein paar schnelle Schritte später spürte ich wieder die Leere unter mir und mein Magen krampfte sich zusammen. Dankenswerterweise verzichtete er beim Flug nach unten auf Saltos und ich hielt meinen Blick auf das Blau des Himmels gerichtet, bis ich wieder festen Boden unter meinen Füßen spürte. Len beeilte sich, mich loszulassen, und schwieg.

Diesmal war ich es, die nach seiner Hand griff. Er sollte wissen, dass ich nur einen kurzen Moment für mich wollte. Nur ein wenig durchatmen. »Bis morgen, Len? Ich meine, wenn das möglich ist. Werden wir … ausgeschaltet?«, begann ich und wurde von ihm mit einem sanften Kuss auf die Stirn unterbrochen.

»Zerbrich dir nicht dein hübsches Köpfchen, Goldlöckchen. Darum habe ich mich gekümmert. Alles Teil der Codes, die Philomen für uns eingegeben hat.«

Philomen! Philomen, der sich dort draußen mit der Pest herumschlug und dabei viel zu wenig über Antibiotika wusste. Ich befreite mich mit einem vermutlich nicht sehr damenhaften Fluch aus Lens Umarmung und rannte ins

Haus, während er mir überrascht nachblickte. Mir fielen tausend Dinge ein, die dort draußen schiefgehen konnten. Vielleicht in genau diesem Moment.

Kapitel 16

Obwohl ich den Bildschirm in den nächsten Stunden nicht aus den Augen ließ, erhielt ich keine Antwort von Philomen. Das konnte ein gutes Zeichen sein, ich bezweifelte es allerdings. Während ich voller düsterer Gedanken auf den Schirm starrte, begannen die Buchstaben langsam zu verschwimmen und der Drang, meinen Kopf einfach auf die Tastatur sinken zu lassen, wurde immer größer. Ich schloss die Augen. Nur für einen kurzen Moment. Mit einem Mal …

… wurde die Welt um mich herum weich. Panisch riss ich die Augen auf und stellte fest, dass ich mich nicht mehr in meinem Wohnzimmer befand. Die Sonnenstrahlen des ewigen Frühlingsmorgens warfen das Muster der Vorhänge in goldenen Schnörkeln an die Decke meines Schlafzimmers. Mein Schlafzimmer? War das hier ein Neustart? Ich schob die Decke mit einem leisen Fluch zurück. Schlaf war das Letzte gewesen, was ich mir hatte erlauben dürfen. Wer wusste, wie viel Zeit ich dabei verloren hatte? Ein paar Tage? Oder Jahrzehnte? Falls ich richtig Pech hatte, dann war ich nun als die Frau in die Geschichte eingegangen, die für das Aussterben der Menschheit verantwortlich war, weil sie ihnen zu wenig über Antibiotika erklärt hatte.

Ich lief ins Wohnzimmer und stieß den Stuhl vor meinem Schreibtisch achtlos zur Seite, um meinen Laptop hochzufahren. Warum, zum Teufel, musste das bei all der Technik hier so lange dauern? Der schwarze Bildschirm schien sich Ewigkeiten Zeit zu lassen, mir irgendetwas zu zeigen, und als sich der Posteingang endlich öffnete, fand ich keine Nachricht. Nicht von Philomen und auch nicht von irgendjemandem sonst. Das bedeutete wohl, dass es nicht Philomen gewesen war, der mich aktiviert hatte. Er hätte mir eine Nachricht geschickt und mit Sicherheit auch den Videochat aktiviert. Was war mit ihm passiert? Hatte die Beulenpest ihn erwischt? Hatten sie die Antibiotika falsch eingesetzt? War dort draußen überhaupt noch jemand, der meine Nachrichten las? Ich schlug frustriert auf die Tischplatte, so hart, dass es mir die Tränen in die Augen trieb. Im nächsten Moment schob sich von rechts etwas Weißes in mein Blickfeld. Feiner Stoff und Samt. Lennard Parker-Gibbons.

Ich lächelte zu ihm hoch, und weil das einfach nicht genug war, sprang ich auf und schloss ihn in die Arme. Für einen kurzen Augenblick hatte ich das Gefühl, dass alles gut war. Dann sah ich seinen Gesichtsausdruck. Ernst. Angespannt. »Welcher Tag ist heute? Wie lange war ich weg?«, fragte ich.

»Ganz ruhig, Schätzchen. Nur drei Monate. Nach all der Aufregung musstest du ein wenig regenerieren. Dein Programm hat eine Notabschaltung durchgeführt.«

Drei Monate? Drei ganze Monate? Ich schaffte nicht mehr als ein Flüstern: »Wie sieht es draußen aus? Ist mit Philomen alles in Ordnung?«

»Keine Sorge, ich habe mich um alles gekümmert«, erklärte Len und sah dabei immer noch aus, als müsste ich mir jede Menge Sorgen machen.

»Len … was ist schiefgegangen?«

Er nahm wortlos auf meiner Couch Platz, ließ zwei Gläser Whiskey in seiner Hand erscheinen und hielt mir eines davon entgegen. Die Horrorszenarien in meinen Gedanken liefen auf Hochtouren.

»Ich hatte alle Hände voll zu tun, ihnen die Opfergaben auszureden, und wie es aussieht, haben damit unsere Probleme angefangen«, begann er schließlich und machte eine weit ausholende Geste. Seine Armbänder schlugen dabei leise gegeneinander und im nächsten Augenblick wurde die Welt um uns herum …

… in dramatisches Grau getaucht. Es war, als wären wir in einem dieser alten Schwarz-Weiß-Filme gelandet. Woher, um alles in der Welt, nahm er die Gelassenheit für solche Spielchen?

»Len, lass den Blödsinn! Was ist passiert?« Selbst meine Hand und der Whiskey im Glas waren in trübes Grau verwandelt worden. Ich nahm trotzdem einen großen Schluck, denn ich ging davon aus, dass ich ihn brauchen würde.

»Schätzchen, das war ich nicht. Die Stromversorgung spielt schon eine ganze Weile verrückt.«

»Was? Warum? Ich dachte, das hier wäre für die Ewigkeit gebaut.«

»Theoretisch. Vielleicht waren es die Ratten, angelockt von diesen dämlichen Opfergaben. Würde mich nicht wundern, wenn ein paar der Viecher sich an den Kabeln vergriffen hätten. Die Servicebots sind kaum damit nachgekommen, die Leitungen zu reparieren.«

Das Grau um uns herum wurde dunkler. Die Luft schien zu flimmern, wie bei großer Hitze, obwohl sich an der Temperatur des Raums nichts geändert hatte, und Len begann zu verschwimmen. Bevor ich ihn fragen konnte, was das bedeutete, versank alles in völliger Dunkelheit. Ich tastete um mich. Nichts. Meine Hand stieß nirgends auf Widerstand. Kein Schreibtisch, kein Stuhl – nichts als Leere um mich herum. Nicht einmal meine eigenen Fingerspitzen konnte ich sehen. Panisch streckte ich meine Hand weiter aus und berührte etwas Weiches. Lens Mantel? Im nächsten Augenblick kehrte die Welt um uns herum zurück. Voller Farben und Sonne, als wäre das alles nur ein schlechter Traum gewesen. Len neben mir fluchte leise und ich klammerte mich immer noch an seinen Mantel.

»Len? Was war das?«, flüsterte ich.

»Sagte ich schon, dass es Probleme mit der Stromversorgung gibt?«, erwiderte er mit einem halben Lächeln. »Ich vermute, der Notgenerator ist angesprungen – aber ich möchte mich nicht darauf verlassen, dass er das jedes Mal schafft.«

Ich wollte ihn gerade fragen, wie lange seiner Meinung nach so ein Notgenerator durchhalten könnte, als unsere Welt erneut in Dunkelheit versank.

»Len?«

Keine Antwort. Auch meine ausgestreckte Hand konnte ihn diesmal nicht finden. Sie konnte, im Grunde genommen, gar nichts finden. Weder das Glas Whiskey, das ich eben noch in meiner Hand gehalten hatte, noch Len, der eigentlich direkt neben mir sein sollte. Nichts. Ich war allein. Und dann begann ich zu fallen. Schnell. Haltlos. Es war, als wollte die Dunkelheit mich verschlucken. Ich öffnete den Mund, um zu schreien, und in diesem Augenblick kehrte mein Wohnzimmer langsam und flackernd wieder zurück.

»Drei Sekunden diesmal. Der Notgenerator hätte eigentlich viel schneller anspringen sollen«, hörte ich Len neben mir.

»Hast … bist du auch gefallen?«, fragte ich.

»Nicht das erste Mal«, antwortete er knapp und schob mich sanft, aber bestimmt beiseite, um an seinen Laptop zu gelangen. Wie er es schaffte, sich so schnell zu fangen, war mir ein Rätsel. Ich konnte meine Stimme nur mühsam dazu bringen, mir zu gehorchen.

»Was ist das für ein Ort … diese Dunkelheit?«, flüsterte ich.

Er warf mir ein schwaches Lächeln zu. »Genau das. Nichts. Die Simulation ist nicht mehr aktiv. Nicht genügend Reserven, um unsere Umgebung aufrechtzuerhalten.«

»Und wenn der Generator nicht anspringt?«

»Dann war es das. Dann sind wir gelöscht.« Seine Hände zitterten ein wenig, während er eilig auf der Tastatur tippte, und verrieten, dass er vielleicht doch nicht ganz so gefasst war, wie es schien.

»Len … falls wir es nicht schaffen …«, begann ich und in diesem Moment baute sich das Videochatfenster auf Lens Monitor auf.

Vor Erleichterung hätte ich am liebsten den Bildschirm umarmt. »Philomen! Er ist da!«, rief ich.

Len starrte mit unverändert finsterem Gesichtsausdruck auf das sich langsam aufbauende Chatfenster. »Schätzchen, ich würde nicht darauf wetten, dass dieser Halbwilde unsere Probleme in den Griff bekommt.« Halbwilde? Die Zusammenarbeit der beiden musste definitiv interessant gewesen sein. Ich warf ihm einen fragenden Blick zu, während sich Philomens Bild stabilisierte.

Len verlor keine Zeit und begann ihn anzubrüllen: »Was ist da draußen los? Hast du die Einstellungen verändert?«

Philomen war ein Bild des Jammers. »Allmächtiger, ich weiß es nicht. Hier blinken immer noch jede Menge rote Lichter und … und ich bin noch dabei, das im Handbuch nachzulesen.« Seine Stimme zitterte merklich, doch Len schien nicht gewillt zu sein, darauf Rücksicht zu nehmen. »Zeig sie uns! Los, schwenk die Kamera, Junge!«, herrschte er ihn an.

Philomen beeilte sich, die Kamera mit einer nervösen kleinen Handbewegung ein wenig zu verschieben, und wir konnten hinter ihm eine Anzeigetafel mit Hunderten kleinen Kontrollleuchten erkennen. Fast alle flackerten rot. Vermutlich kein gutes Zeichen. Len runzelte einen Augenblick lang nachdenklich die Stirn und ließ dann ein paar leise Flüche hören.

»Ich habe getan, was ihr wolltet. Alle Transfers durchgeführt, aber es werden immer mehr rote Lichter. Ich fürchte, mittlerweile sind es …«, stotterte Philomen.

»… Hunderte«, stellte Len mit kalter Stimme fest. »Und jedes davon steht für einen von uns, der keinen Strom mehr bekommt.«

Während er sprach, konnte ich beobachten, wie drei weitere Lichter von blassem Weiß zu Rot wechselten. »Philomen, du musst das in Ordnung bringen!«, rief ich.

»Ich weiß nicht, woran es liegt. Vielleicht sollte ich …«

Len hob abwehrend die Hände. »Schluss damit! Wir brauchen jemanden, der sich wirklich auskennt. Philomen, welcher der Allmächtigen ist für die Energieversorgung zuständig?«

Philomen nickte. »Daran habe ich auch schon gedacht. In meiner Liste steht, er ist Physiker und …«

Len sprang vom Stuhl hoch und packte den Monitor mit beiden Händen. Ich war mir sicher, er hätte um einiges lieber Philomen selbst in den Fingern gehabt. »Junge, uns läuft die Zeit davon! Seine Kontrollleuchte, ist sie rot?«

Philomen warf einen unsicheren Blick auf die Anzeigetafel und schüttelte dann den Kopf. »Sie ist … weiß.«

»Worauf wartest du dann noch? Schick uns zu ihm! Code Alpha 43a, gib das ein. Das beschleunigt den Transfer«, schrie Len ihn an.

Philomen senkte den Kopf und gab den Befehl in die Konsole vor ihm ein. Die Welt um uns herum flackerte einen Augenblick und im nächsten Moment …

… war alles von Rauch erfüllt. Das Zeug brannte in den Augen und stank unerträglich nach verfaulten Eiern. Was um alles in der Welt …!

»Der Mist lässt sich nicht abstellen«, hörte ich Len dicht neben mir keuchen.

Ich tastete in dem stinkenden Qualm nach seiner Hand und dachte an Luft. Frische, klare Luft. Nichts änderte sich. Der Qualm war nach wie vor dicht und ziemlich ekelhaft. Meine Kräfte hätten sich keinen schlechteren Moment aussuchen können, um mich im Stich zu lassen.

Ich griff nach Lens Hand, nur für den Fall, dass das Ganze wieder auf bodenlose Finsternis zusteuerte.

»Wo sind wir, Len? Ist das die Simulation dieses Physikers?«, fragte ich.

Obwohl Len dicht neben mir stand, konnte ich sein Nicken in dem Halbdunkel kaum erkennen. »Wenn Philomen keinen Fehler gemacht hat, dann … ja.«

Lens Hand tastete einen Augenblick über die Wand neben uns. Ich folgte seinem Beispiel, nicht sicher, wonach wir hier suchten. Meine Hand glitt über Fels. Uneben, scharfkantig und ziemlich ungemütlich.

»Schwefel. Fels. Entweder hat er eine Schwäche für Bergbau oder er wollte sich hier sein privates Tor zur Hölle schaffen«, erklärte Len.

»Wer macht denn so etwas?«

Ich spürte sein Schulterzucken neben mir mehr, als dass ich es sehen konnte. »Wir müssen uns mit dem Mist auf jeden Fall anfreunden. Zumindest für den Moment. Sieht so aus, als hätte er die Gedankenkontrolle für uns deaktiviert.«

»Das geht?«, fragte ich.

»Alles, was du dir vorstellen kannst. So sind die Regeln, Schätzchen.« Ich blinzelte in die Finsternis vor uns, außer beunruhigend tanzenden Schatten war allerdings nicht viel zu erkennen. »Meinst du, er ist hier irgendwo in der Nähe?«

»Es gibt nur einen Weg, das herauszufinden«, erklärte Len und fasste nach meiner Hand.

Das Halbdunkel machte es nicht einfach voranzukommen und mehr als nur einmal stieß ich in dem engen Gang mit der Schulter schmerzhaft gegen den schroffen Fels. Zu behaupten, ich hätte kein gutes Gefühl bei der Sache gehabt, wäre untertrieben gewesen und auch der Gestank um uns herum blieb unverändert widerlich, während wir uns den dunklen Gang entlangtasteten. Ich hatte meine Zweifel, wie hilfreich dieser Physiker sein würde, der das hier für sich erschaffen hatte. Oder für uns.

»Len, können wir nicht jemand anderen fragen?«, flüsterte ich.

»Wir brauchen ihn, Schätzchen. Und nicht nur wir – denk an die anderen Nachfolger.«

Immerhin mussten wir nicht lange durch den engen Gang stolpern. Hinter einer Kurve öffnete er sich abrupt zu einer Höhle und mit einem Mal war auch der stinkende Qualm verschwunden. Es war, als würde eine unsichtbare Barriere hinter uns den Rauch zurückhalten. Nun, damit war klar, in welche Richtung wir weitergehen sollten. Ich nahm ein paar tiefe Atemzüge und es dauerte ein paar Augenblicke, bis ich in dem rötlich schimmernden Halbdunkel erkennen konnte, was vor uns lag.

Auf eine böse, dunkle Art sah die Höhle römisch aus – wie ein riesiges, unterirdisches Amphitheater mit endlos vielen Sitzbänken aus Stein. Zwischen den Bänken wand sich ein schmaler Pfad in die Tiefe hin zu einer Bühne. Ich wollte mir lieber nicht vorstellen, was hier aufgeführt werden sollte. Vermutlich würden wir es allerdings bald herausfinden, denn dort unten saß jemand auf einem riesigen Thron und die steile Treppe vor uns führte direkt zu ihm. Das Gesicht der Gestalt war von hier aus nicht zu erkennen, aber ich ging nicht davon aus, dass sie uns freundlich zulächelte.

»Sollen wir … Hallo sagen?«, flüsterte ich.

Len nickte knapp und behielt meine Hand fest in seiner. »Dürfen wir runterkommen?«, rief er und seine Stimme klang in der riesigen Höhle überraschend laut. Jemand schien hier ein Händchen für Akustik gehabt zu haben. Die Gestalt auf dem Thron rührte sich allerdings nicht. »Sieht so aus, als hätte er zumindest nichts dagegen. Also los, Schätzchen«, flüsterte Len.

Ich hätte mich gern nur halb so entschlossen gefühlt, wie er klang, als ich ihm vorsichtig auf den glatten Steinstufen nach unten folgte. Als wir etwa die Hälfte der Strecke hinter uns gebracht hatten, entdeckte ich dort unten allerdings etwas, was mir eine Flucht plötzlich wie die beste Idee überhaupt erscheinen ließ: Knochen. Der ganze Thron schien aus Knochen zu bestehen. Jede Faser meines Körpers wehrte sich dagegen, auch nur einen Schritt näher an dieses Ding heranzugehen, und ich klammerte mich an Lens Arm, während ich um Fassung rang.

Er drehte sich um und beugte sich besorgt zu mir. »Was ist denn los, Schätzchen?«

»Knochen. Er … der Thron ist aus Knochen. Wer tut so etwas, Len?« Len spähte einen Augenblick lang konzentriert in die Tiefe und dann umspielte ein feines Lächeln seine Lippen. »Tatsächlich. Aber auf jeden Fall genauso wenig echt wie der Whiskey, den wir trinken werden, wenn das hier vorbei ist«, erklärte er mit einem kleinen Zwinkern und nahm entschlossen die nächsten Stufen in Angriff.

Ich blieb dicht hinter ihm und hielt den Blick fest auf die Gestalt auf dem Knochenthron gerichtet. »Meinst du, er wird uns helfen?«, flüsterte ich.

»Vielleicht können wir ihn ja mit einem kleinen Menschenopfer überreden.«

»Lass die Witze, Len.«

»Wir könnten ihm Philomen anbieten«, flüsterte er mit einem frechen Grinsen.

»Leise, vielleicht kann er uns hören!«

Die Gestalt auf dem Thron schien sich allerdings nicht darum zu kümmern, dass wir nur noch wenige Stufen von ihr entfernt waren. Sie saß einfach nur regungslos da, und je näher wir kamen, desto weniger Furcht einflößend wirkte sie. Ihre gebeugte Haltung ließ sie schwach und traurig aussehen und ich fragte mich, warum jemand sich entschied, ein unterirdisches Theater und diesen scheußlichen Thron zu erschaffen, um darin dann so ein jämmerliches Bild abzugeben. Ein paar Schritte später war ich nahe genug, um den Grund für seine gebückte Haltung zu erkennen: Um die breiten Schultern, die eindeutig männlich wirkten, waren schwere Eisenketten geschlungen. Es sah schmerzhaft aus und alles andere als freiwillig.

»Wer hat ihm das angetan?«, flüsterte ich und schob mich an Len vorbei, entschlossen, ihm so schnell wie möglich zu helfen.

»Die Ketten? Vermutlich er selbst, Schätzchen. Die da draußen interessieren sich nicht genug für uns, um uns irgendetwas anzutun.«

»Vielleicht ist das hier ... ein Unfall? Vielleicht hatte er einen Albtraum?«, fragte ich.

Len schüttelte den Kopf. »Das hier ist genauestens geplant. Siehst du all diese Details? Das war nichts Unterbewusstes.«

»Aber ... warum?«

»Die Einsamkeit, Schätzchen. Für manche ist sie schlimmer als für andere. So wie es aussieht, ist er ziemlich hinüber.«

Wir waren nur noch wenige Schritte von ihm entfernt und er hielt seinen Kopf immer noch tief gesenkt, aber es war deutlich zu hören, dass er flüsterte. Nur einen Satz, wieder und wieder: *»Erlöse mich.«* Er klang heiser, so als würde er diese Worte schon sehr, sehr lange wiederholen.

Ich lief, so schnell ich konnte, auf ihn zu. »Hallo? Kann ich ... helfen?«, fragte ich und streckte vorsichtig die Hand nach ihm aus.

Kaum hatte der Mann auf dem Thron meine Stimme gehört, zuckte er zusammen, als hätte er einen Stromschlag bekommen. Dann hob er langsam den Kopf und starrte mich an. Sein Gesicht sah aus wie versteinert, aber es gab keinen Zweifel. Es war Nikolai.

Kapitel 17

Alles, woran ich denken konnte, war, ihn so schnell wie möglich von diesem grässlichen Thron zu befreien, der auch aus der Nähe betrachtet immer noch sehr überzeugend nach Knochen aussah.

»Len, das ist Nikolai! Mein Nikolai. Hilf mir!«, rief ich. Meine Stimme wurde von den Wänden der Höhle zurückgeworfen, als würde die ganze Welt um Hilfe rufen.

»Bist du dir sicher?«, fragte Len mit einem seltsamen Unterton in der Stimme.

»Natürlich bin ich das. Wir sind seit drei Jahren verheiratet …«, begann ich und verstummte, als ich das feine Lächeln auf Lens Gesicht sah.

Natürlich, Nikolai war nicht mehr als eine Kopie, genau wie ich. Trotzdem schlug mir das Herz bis zum Hals. Wortlos zerrte ich weiter an den Kettengliedern und das unnachgiebige Eisen gab mir das Gefühl, in diesem Albtraum unerträglich hilflos zu sein. Die verfluchten Dinger gaben keinen Millimeter nach. Zum Glück hielt Len sich nicht mit weiteren Fragen auf, sondern ging neben mir in die Knie und griff ebenfalls nach einer der Ketten. Er zog ein paarmal prüfend an den Gliedern und schien genauso wenig Erfolg zu haben wie ich, mit bloßen Händen etwas gegen das massive Eisen auszurichten. Ich schloss einen

Moment lang die Augen, aber die Gedankenprojektion funktionierte immer noch nicht. Am meisten machte mir allerdings Sorgen, wie teilnahmslos Nikolai das alles über sich ergehen ließ. Ich überließ die Ketten für einen Augenblick Len, richtete mich auf und nahm Nikolais Gesicht in meine Hände. Es fühlte sich so vertraut an, als hätte ich meine Hände schon unzählige Male auf diese Wangen gelegt.

»Nikolai, weißt du, wo du bist?«

Er nickte. Es war nur eine ganz kleine Bewegung und er hielt den Blick dabei gesenkt. Ich konnte spüren, wie schnell und unruhig sein Atem ging.

»Hilf uns, dann können wir gemeinsam von hier verschwinden«, flüsterte ich.

»Muss … büßen«, antwortete er heiser und vermied es immer noch, mir in die Augen zu sehen.

»Was büßen? Wer hat dir das angetan?«, fragte ich.

Nikolai blickte zu Len hoch, als könnte er ihm die Antwort abnehmen.

»Allein … büßen«, flüsterte er schließlich und für einen kurzen Moment sah er mir endlich in die Augen. Sein Blick war matt und leer, und ich wollte in diesem Moment nichts so sehr, wie ihn von diesem schrecklichen Thron zu befreien und in die Arme zu nehmen.

»Wie steht's mit den Ketten?«, fragte ich Len.

»Das wird so nichts, Schä…«, begann er und ich warf ihm einen eindringlichen Blick zu und schüttelte leicht den Kopf. Len schien zu verstehen und verstummte. »Nichts zu machen. Nicht ohne Werkzeug«, fuhr er nach einem langen Atemzug fort und ich war erleichtert, wie ruhig und sachlich seine Stimme nun klang.

»Nikolai, kannst du die Gedankenkontrolle für uns einschalten?«, fragte ich.

Er hatte den Kopf wieder gesenkt und saß so teilnahmslos auf seinem Thron, dass ich mir nicht sicher war, ob er mich überhaupt gehört hatte. Vorsichtig legte ich die Hand auf seinen Arm, doch das schien ihn alles andere als zu beruhigen. Ich konnte fühlen, wie er jeden Muskel anspannte und so weit zurückwich, wie es die Ketten nur zuließen.

»Ich muss … büßen«, flüsterte er kaum hörbar.

Len zog mich sanft ein paar Schritte von ihm weg. »War er immer schon so? Schwefel, Feuer, Buße – ist das sein Ding?«

Ich schüttelte den Kopf. »Ein bisschen abergläubisch, aber doch nicht … nicht so.«

Len betrachtete Nikolai nachdenklich, der nach wie vor regungslos auf seinem Thron saß, als würde ihn das alles nichts angehen. Dann flüsterte er: »Die Einsamkeit hier drin lässt viele den Verstand verlieren. Früher oder später. Er war wohl besonders empfindlich.«

Nikolai sah so vertraut aus, aber da war auch etwas Fremdes an ihm. Die schwarzen, wilden Locken waren so, wie ich sie in Erinnerung hatte. Sie waren allerdings viel länger – vielleicht war es das, was ihn so anders wirken ließ. Der wilde Bart war ebenfalls neu, und mit seinen breiten Schultern und seiner kräftigen Statur erinnerte er auf diesem Thron an einen Wikingerkönig aus einer der dunkleren Sagen. Seine Augen allerdings … seine Augen machten mir klar, dass hier ein gebrochener Mann saß.

Wie lange waren diese zwei Jahrhunderte wohl für ihn gewesen? Ich war vielleicht zweihundert Mal aktiviert worden und das war schon beinahe mehr Stille und Einsamkeit gewesen, als ich ertragen konnte. Aber sein Fachgebiet war die Stromversorgung und das war etwas, bei dem die Menschen draußen wohl viel öfter Unterstützung gebraucht hatten. Wie oft hatten sie ihn hier drin aktiviert und dann einsam zurückgelassen? Ich legte sanft die Hand auf seine Schulter. Diesmal ließ er meine Berührung zu und schreckte nicht zurück. Das war immerhin ein Anfang. Vielleicht war alles, was er brauchte, ein bisschen Zeit. Solange wir in diesem Albtraum festsaßen, den er sich geschaffen hatte, würde er sich allerdings kaum erholen können. Ich sah nur einen Ausweg.

»Wir müssen mitspielen«, flüsterte ich Len zu, während ich mich auf die Zehenspitzen stellte, um den Verschluss seines Mantels zu lösen. Len hob fragend die Augenbrauen, ließ aber zu, dass ich mir den Pelz selbst um die Schultern legte. Ich beantwortete seinen fragenden Blick mit einem kleinen Zwinkern: »Requisiten sind im Moment etwas knapp.« Dann nahm ich die Schultern ein wenig zurück und baute mich vor Nikolai auf. Ich hoffte, dass der Mantel mich ausreichend würdevoll wirken ließ, denn genau das würde ich nun brauchen, um diesen Albtraum zu beenden. Entschlossen legte ich die Hand unter Nikolais Kinn und hob es sanft an. »Nikolai, du hast deine Buße getan. Du bist erlöst«, verkündete ich in feierlichem Ton und wünschte, ich hätte genug Kontrolle über diese Welt, um den Mantel auch ein wenig theatralisch flattern zu lassen.

Nikolai hielt meinem Blick stand, doch davon abgesehen geschah – nichts.

»Ich könnte ein wenig Unterstützung gebrauchen«, flüsterte ich Len zu.

Er antworte mit einem fast unmerklichen Nicken. Langsam trat er an meine Seite und breitete die Arme aus. Auch ohne Mantel wirkte er mit diesem energischen Gesichtsausdruck wie der König der Unterwelt. Große Auftritte waren definitiv seine Stärke. »Nikolai Romanoff«, hob er an, und seine Stimme klang in diesem Moment, als würde Zeus selbst neben mir stehen. »Ego te absolvo. Ich spreche dich frei.«

Wie um alles in der Welt er es geschafft hatte, seinen Worten hier einen Hauch von Donner zu verleihen, wusste ich nicht – aber es wirkte. Nikolai zuckte zusammen und wandte ihm seine ganze Aufmerksamkeit zu. Es sah so aus, als würde er in Lens Blick etwas suchen. Eine Bestätigung? Eine Antwort? Im nächsten Augenblick erfüllte ein hartes Klirren die Höhle, als die schweren Eisenketten sich öffneten und zu Boden fielen. Das war überraschend einfach gewesen. Len schien allerdings nichts anderes erwartet zu haben und beeilte sich bereits, Nikolai unter die Arme zu greifen und ihm hochzuhelfen.

»Nikolai?«, begann ich vorsichtig. »Lass das hier verschwinden. Denk an … an zu Hause.«

»Zu Hause«, wiederholte Nikolai langsam und Len nickte ihm aufmunternd zu.

Nikolai schloss die Augen und lächelte wie jemand, der vor sehr langer Zeit vergessen hatte, wie man das genau anstellte. Es sah seltsam verzerrt aus und ließ ihn einen Augenblick lang noch fremder wirken. Dann begann die Welt um uns herum zu flimmern …

… und wir befanden uns in meinem Haus. Kein Rauch, keine unheimlichen Schatten auf Felsen – einfach nur unser Wohnzimmer. Ich war so erleichtert, dass es einen Augenblick dauerte, bis ich bemerkte, wie verändert es aussah. Der Stuhl vor meinem Schreibtisch sah dunkler aus, als ich ihn in Erinnerung hatte. War das vorhin schon so gewesen? Auch die Vorhänge erschienen mir ein wenig zu lang und die Stehlampe neben der Couch fehlte. Vielleicht ein Fehler in der Simulation? Vielleicht, weil sie der Stromausfall so abrupt gestoppt hatte? Bedeutete das, dass wir jeden Augenblick wieder in die Dunkelheit stürzen konnten? Ich griff nach Lens Hand und im selben Augenblick, als er sich mit einem überraschten kleinen Lächeln zu mir umdrehte, wurde mir klar, dass das hier natürlich Nikolais Version von unserem Haus war. In seiner Simulation. Ich beeilte mich, Lens Hand loszulassen, bevor Nikolai etwas davon bemerkte, und war dankbar, dass Len es einfach geschehen ließ. Wortlos wandte er sich zu Nikolai um und griff ihm unter die Arme. Eigenartig, dass unser Haus hier so anders aussah – obwohl es in meiner Simulation haargenau so wie in meiner Erinnerung ausgesehen hatte. Aber das war jetzt nicht wichtig. Ich hatte Nikolai gefunden und das war alles, was zählte.

Mit vereinten Kräften schafften Len und ich ihn aufs Sofa. Eilig griff ich nach einer Decke, einem Kissen. Alles, was sich nach etwas Geborgenheit anfühlte, war jetzt wohl das Richtige.

Als ich den Blick hob, sah ich, wie Len nach seinem Laptop griff. »Ich denke, ich suche mir draußen ein Plätzchen zum Arbeiten«, erklärte er und klemmte sich das Gerät unter den Arm.

Er hatte natürlich recht, das Problem mit der Stromversorgung war alles andere als gelöst. Und dann waren da natürlich Philomen und die Seuche ... es gab eine Menge Dinge, um die ich mich in diesem Moment kümmern sollte. Weiche Kissen würden Nikolai nicht helfen, wenn sich unsere Welt in nichts aufzulösen begann.

»Len, du musst nicht allein gehen. Ich komme mit. Lass mich nur noch schnell ...«, begann ich und versuchte trotz des Chaos in meinen Gedanken einen klaren Satz zustande zu bringen.

»Ich bekomme das schon in den Griff. Kümmere du dich um unseren Experten hier, ja?«, erklärte er, und als ich anhob zu protestieren, tat er es mit einem kleinen Zwinkern ab.

»Ich schaffe das schon. Sie haben mich nicht nur wegen meines guten Aussehens hier reingeholt, Sarah.«

»Len ...«, rief ich ihm nach, als er bereits halb aus dem Fenster geklettert war.

»Ja?«, fragte er und drehte sich noch einmal zu mir um.

»Ich ... wir ... es gibt auch eine Tür!« Das war natürlich ziemlich weit entfernt von dem, was ich ihm eigentlich hatte nachrufen wollen.

»Das Öffnen der Haustür startet die Umgebungssubroutine. Es ist leichter, den Nebel zu vermeiden, wenn man sie nicht benutzt, Goldlöckchen«, grinste er und stieß sich ab in Richtung Himmel.

Ich blickte ihm nach, bis er im tiefen Blau verschwunden war, und erst als ich mich zu Nikolai umdrehte, wurde mir bewusst, dass ich immer noch Lens Mantel trug. Es dauerte einige Minuten, bis ich so weit war, ihn abzunehmen, und es war, als hätte ich damit auch alle Leichtigkeit in mir über die Lehne des Stuhls gehängt.

Kapitel 18

Nikolai hatte in den letzten Stunden nur wenig gesprochen und selbst das schien ihn zu erschöpfen. Sein Kopf lag in meinem Schoß und ich strich ihm vorsichtig eine gelockte Haarsträhne aus der Stirn. Es fühlte sich so vertraut an, dass es mir fast die Kehle zuschnürte. Genau wie früher. Aber dieses Früher, das waren natürlich die Erinnerungen einer anderen Sarah. Langsam zog ich die Hand zurück.

»Ich wollte dir nicht zu nahe …«, flüsterte ich.

Offensichtlich nicht leise genug, denn noch bevor ich den Satz beendet hatte, schreckte er hoch. Er sah mich einen Augenblick lang hilflos und verwirrt an. Dann sprang er wie ein gehetztes Tier auf und sein rechter Fuß verhedderte sich dabei in der Decke. Er ruderte nach Halt suchend mit den Armen und es sah nicht so aus, als würde er sich fangen. Ich beeilte mich, ein paar Kissen erscheinen zu lassen, und … es funktionierte. Wie es aussah, hatte Nikolai mir freie Hand gegeben. Das war ein gutes Zeichen, fand ich. Und keinen Augenblick zu spät, denn im nächsten Moment ging er mitten auf den Kissen zu Boden. Ich streckte die Hand aus, um ihm aufzuhelfen, doch er beachtete sie nicht. Er schien nur Augen für die Kissen um sich herum zu haben, die er mit einer Mischung aus Entsetzen und Ekel von sich schob. Ich beobachte verwirrt, wie er wild um sich schlug und sich Mühe gab, so schnell wie möglich Abstand zwischen sich und die Kissen zu bringen. Schwer atmend stand er dann vor mir, in seinen Augen eine stumme Anklage.

»Ich wollte nur deinen Sturz bremsen …«, begann ich.

Er beachtete mich nicht und starrte weiterhin auf die Kissen.

»Soll ich … sie wieder verschwinden lassen?«, fragte ich vorsichtig.

»Du darfst nicht … erschaffen. Das steht uns nicht zu«, flüsterte er. Seine Stimme klang noch immer heiser und seltsam fremd. Dann machte er einen überraschend schnellen Schritt auf mich zu und fasste mich an den Schultern. Seine Nähe fühlte sich vertraut an, aber sein Griff war ungewohnt fest. Unsicher blickte ich zu ihm hoch. »Wir dürfen nichts erschaffen, Sarah. Die Stimmen haben es mir gesagt.«

Ich nickte nur stumm, um ihn nicht weiter aufzuregen. Es brach mir das Herz, ihn so zu sehen. Er schien so weit von dem Mann entfernt zu sein, an den ich mich erinnerte. Sanft versuchte ich, mich aus seinen Händen zu befreien, und er ließ es widerstandslos geschehen, als hätte der kurze Ausbruch alle Kraft in ihm verbraucht. Einen Moment lang sahen wir uns unsicher an, wie zwei Fremde, die sich unbeabsichtigt zu nahe gekommen waren, und dann wandte er sich wortlos um und ging langsam zur Couch, wobei er es sorgfältig vermied, eines der Kissen am Boden zu berühren. Er wirkte unendlich erschöpft und ließ sich mit einem leisen Stöhnen auf die Couch sinken, das mehr nach einem kleinen Jungen klang als nach dem Mann, an den ich mich erinnerte.

Ich trat ans Fenster. Es war keinem von uns geholfen, wenn er meine Tränen sah. Eine kleine, rote Vase stand auf der Fensterbank und ich konzentrierte mich ganz auf sie, während ich um Fassung rang. Wann hatten wir sie gekauft? Ich konnte mich nicht daran erinnern. Vorsichtig hob ich sie hoch, um sie näher zu betrachten. Das Porzellan war hauchdünn und sah richtig teuer aus. Im nächsten Moment hätte ich sie vor Schreck fast fallen lassen, als sie sich plötzlich mit duftenden roten Rosen füllte.

»Gefallen sie dir, Goldlöckchen?«

Ich fuhr herum und sah Len auf der Bank des offenen Fensters sitzen, lässig und offensichtlich bester Laune.

»Len!«, rief ich und er nahm mich in den Arm, als hätten wir uns viel, viel länger als nur ein paar Stunden nicht gesehen.

Mit einem kleinen Nicken Richtung Sofa befreite ich mich sanft aus seiner Umarmung. Len folgte meinem Blick und betrachtete Nikolai, der teilnahmslos mit geschlossenen Augen dalag.

»Ich hatte so ein Gefühl, dass du ein wenig Aufmunterung brauchen könntest«, flüsterte Len mir ins Ohr. »Komm, ich muss dir etwas zeigen«, fuhr er mit einem kleinen Zwinkern fort.

»Ich … ich kann ihn nicht allein lassen«, antwortete ich zögernd.

Nikolai hatte immer noch die Augen geschlossen, als hätte er Lens Ankunft nicht bemerkt.

»Nur einen kurzen Moment, Schätzchen. Es ist wichtig, dass du dabei bist«, erklärte Len und fasste entschlossen nach meiner Hand.

»Dabei? Hast du einen Weg gefunden, uns wieder mit Strom zu versorgen? So schnell?«, fragte ich.

»Ich werde dir etwas viel Besseres zeigen.«

»Aber Nikolai … ich muss …«, begann ich zögernd.

»Oh, ich denke nicht, dass du im Moment viel für ihn tun kannst. Sieht so aus, als hätte sich der Wartungsmodus aktiviert.« Mit ein paar schnellen Schritten trat er zu Nikolai und griff nach seiner Hand. Als Len die Hand ein wenig anhob und sie im nächsten Moment wieder losließ, fiel sie ungebremst auf das Sofa. »Siehst du? Wartungsmodus. Er weiß nicht mal, dass du hier bist. Und das kann eine Weile dauern, glaub mir.« Bevor ich ihn fragen konnte, was genau er damit meinte, zog er mich mit sich hoch auf die Fensterbank. Ich blickte nach unten und klammerte mich an den Fensterrahmen. Wie kam es, dass es so viel höher aussah, sobald man auf diesem schmalen Vorsprung stand? Noch bevor ich eine Antwort darauf gefunden hatte, warf Len mir ein strahlendes Lächeln zu und zog mich mit sich.

Dann war da nichts als Wind. Er rauschte ohrenbetäubend und machte jeden Protest unmöglich. Ich klammerte mich wortlos an seine Hand und nahm mir vor, ihm bei nächster Gelegenheit sehr deutlich zu machen, dass er wirklich damit aufhören musste, mich hier runterzustürzen. Immerhin schaffte ich es diesmal, mich schnell an das Nichts unter mir zu gewöhnen. Die Berge um Hills View hoben sich scharf vom unendlichen Blau des

Himmels ab und die Luft war so klar, dass ich das Gefühl hatte, die silbern schimmernden Felshänge am Horizont fast berühren zu können. Wie lange es wohl dauern würde, bis ich das alles Nikolai zeigen konnte? Im Gegensatz zu mir hatte er keine Angst vor Höhe. Er würde das hier lieben. Wenn … wenn er so weit war.

Len steuerte auf einen Berg aus Wolken vor uns zu. Das schien wirklich sein Ding zu sein, doch etwas an diesen Wolken war anders. Sie waren viel größer als beim letzten Mal und funkelten wie eine Million feinster Kristalle. Hatte er das eben erst erschaffen? So wie ich ihn kannte, war es jedenfalls kein Zufall, dass das Sonnenlicht sie genau richtig zu treffen schien. Das war ohne Zweifel eines der schönsten Dinge, die ich je gesehen hatte – und im Grunde genommen nichts, wofür wir Zeit hatten. Angespannt wartete ich darauf, dass Len zur Landung ansetzen würde, um endlich mehr tun zu können, als mich an seine Hand zu klammern.

Als meine Füße schließlich die weiche Wolkendecke berührten, begannen sie sofort einzusinken. Da war auch wieder dieses fürchterliche Gefühl, jeden Moment durch die feinen Kristalle hindurchzugleiten und ins Nichts zu stürzen. Verflucht noch mal, hätte er mir nicht einfach im Wohnzimmer sagen können, was er zu sagen hatte? Ich warf einen nervösen Blick nach unten auf die viel zu kleinen Häuser von Hills View. Einen Augenblick später ließen mich unerwartete Geräusche die Tiefe unter uns vergessen. Ich hörte Stimmen. Lachen. Musik. Vermutlich muss man sehr, sehr lang in der Stille gelebt haben, um wirklich verstehen zu können, wie wundervoll sich das in diesem Moment für mich anhörte.

Als ich mich umdrehte, sah ich, dass sich hier oben an die hundert Männer und Frauen in kleinen Gruppen versammelt hatten – nur wenige Schritte von uns entfernt. Sie plauderten angeregt und nippten an ihren Drinks, während sie der Pianomusik lauschten, die alles wie eine elitäre Gartenparty wirken ließ. Mein Herz schlug bis zum Hals und übertönte fast das fröhliche Durcheinander an Gesprächsfetzen, Gelächter und dem leisen Klirren von Gläsern. Es waren so viele! Ich konnte es nicht abwarten, jeden Einzelnen von ihnen zu umarmen.

»Len, das ist großartig! Sind das alle … sind sie alle so wie wir?«, rang ich nach Worten und entschied mich, beim Umarmen mit Len anzufangen.

»Das sind sie, Schätzchen. Das sind sie«, bestätigte er, während er meine stürmische Umarmung mit einem breiten Grinsen erwiderte. Er wäre natürlich nicht Len gewesen, wenn er das Ganze nicht noch etwas ausgeschmückt hätte. »Ich präsentiere dir: die Teilnehmer des Ewigkeitsprojekts. Das Beste, was die Menschheit bewahren wollte«, erklärte er mit einer ausladenden Handbewegung.

»Gibt es Ärzte? Jemanden, der uns gegen die Seuche helfen kann?«, fragte ich aufgeregt und stellte fest, dass in diesem Moment ein Drink in meiner Hand erschien.

»Darum können wir uns später kümmern, Schätzchen«, antwortete er leichthin und steuerte mit mir auf eine kleine Gruppe zu, die uns bereits erwartungsvoll anlächelte.

»Und der Strom? Was, wenn er wieder ausfällt?«, fragte ich, während ich mir Mühe gab, mit ihm Schritt zu halten.

Len blieb stehen und nahm mein Gesicht in beide Hände, so als hätte er vergessen, dass wir alles andere als allein waren. »Wir sind sicher, Schätzchen«, flüsterte er. »Zumindest fürs Erste. Ich habe Philomen alle Nachfolger hierhertransferieren lassen. Damit sparen wir eine Menge Energie.« Als er meinen zweifelnden Gesichtsausdruck bemerkte, geriet sein strahlendes Lächeln ein wenig ins Wanken. »Vertrau mir. Es ist Zeit, an größere Ziele zu denken«, erklärte er mit einer Entschlossenheit, die deutlich machte, dass weitere Fragen seiner Meinung nach vollkommen unangebracht waren. Dann legte er seinen Arm um mich und schob mich mit sanftem Nachdruck in Richtung der kleinen Gruppe, die uns am nächsten stand.

Als wir uns näherten, verstummten die Gespräche sofort und alle Augen waren auf Len gerichtet. Man klopfte ihm auf die Schulter, schüttelte seine Hand und jede Menge Gläser wurden ihm zum Anstoßen gereicht. Es war ein Meer an Stimmen, Gelächter, Champagnergläsern und feinem, weißem Stoff. Einer beachtlichen Menge weißem Stoff. Jeder Einzelne von ihnen war in eine Art griechische Toga gehüllt, kunstvoll geschnürt und nicht zu knapp bestickt. Auch unter Lens Pelzmantel sah ich nun eine weiße, goldverzierte Toga hervorblitzen. Ich war unentschlossen, ob das hier imposant oder eher lächerlich wirkte – vor allem fragte ich mich aber, warum er mir nichts von diesem Dresscode gesagt hatte.

»Meine Lieben, darf ich euch Sarah vorstellen?«, unterbrach Len meine Gedanken und die Blicke richteten sich auf mich. Verlegen wollte ich mein T-Shirt glatt streichen. Meine Kleidung jetzt vor den Augen aller zu wechseln, hätte die Situation vermutlich auch nicht verbessert. Meine Hand glitt dabei über etwas, das eindeutig nicht mein T-Shirt war: kühle Seide. Überrascht sah ich an mir hinunter und blickte auf eine aufwendig verzierte, strahlend weiße Seidentoga. Wann, zum Teufel …?

»Willkommen, meine Liebe! Willkommen!« Jemand griff nach meiner Hand und ich musste den Kopf weit in den Nacken legen, bis unsere Blicke sich trafen. Ein Mann wie ein Baum – wenn man dabei an einen alten, etwas mitgenommenen Nadelbaum dachte. Statt mir die Hand zu geben, versuchte er sich an einem ungelenken High Five und drehte sich dann rasch um, als hätte er sich mit dieser Geste selbst überrascht.

»Ich bin entzückt!«, stürzte sich im nächsten Augenblick eine ältere Dame auf mich. Ihre Brille und der überaus korrekte Haarknoten verliehen ihr eine würdevolle Strenge. Als sie meine Hand schüttelte, tat sie es allerdings mit einer ausgelassenen Begeisterung, die einigen Strähnen Freiheit von ihrem ordentlichen Haarknoten verschaffte. Ich war mir sicher, dass sie sich nicht oft zu so etwas hinreißen ließ, und hob mein Glas, um mit ihr anzustoßen und die üblichen Höflichkeitsfloskeln auszutauschen. Dann suchte ich Lens Blick. Es hatten sich einige Menschen zwischen uns geschoben, aber er bemerkte mich sofort und zwinkerte mir verschwörerisch zu. Er schien sich hier wie ein Fisch im

Wasser zu fühlen, schüttelte Hände, klopfte auf Schultern und lachte tatsächlich noch mehr als sonst. Ich schaffte durch die immer dichter werdende Menge nur ein paar Schritte in seine Richtung, bevor mir bereits die nächste Hand zur Begrüßung entgegengestreckt wurde.

»Die Ärztin, richtig?«, fragte eine junge Frau und griff nach meiner Hand. Sie war eine Schönheit. In dieser Toga und mit ihren kunstvoll hochgesteckten Haaren hätte sie in jeder Hollywoodproduktion sofort die Rolle der Aphrodite bekommen. Sie schüttelte meine Hand mit einem strahlenden Lächeln und es dauerte einen Moment, bis ihre Worte wirklich zu mir durchdrangen. Sie wusste, dass ich Ärztin war?

»Kennen wir uns?«, fragte ich sie verwirrt.

»Oh, nein! Nein! Aber Lennard hat uns von dir erzählt. Wie sehr du ihn inspiriert hast.«

»Inspiriert? Habe ich das? Wozu?«, fragte ich, doch statt einer Antwort senkte sie den Blick und beschäftigte sich plötzlich sehr konzentriert mit dem Papierschirmchen in ihrem Glas.

Im nächsten Augenblick trat Len zu uns und legte wie selbstverständlich einen Arm um mich. »Natürlich hast du das, Schätzchen«, erklärte er mit einem breiten Grinsen.

Die junge Frau hob den Kopf und erwiderte Lens Lächeln, aber es wirkte ein wenig bemüht. Wir schwiegen alle drei einen Augenblick lang und ich fragte mich, welche Geschichte diese beiden wohl miteinander hatten. Es war jedenfalls klar, dass das nicht ihre erste Begegnung war.

»Wo bleiben nur meine Manieren? Ich bin Lissa«, brach sie schließlich das Schweigen und Len nickte zustimmend, als hätte sie damit noch eine ganze Menge mehr gesagt.

»Lissa hat bestimmt ein paar Fragen an dich«, erklärte er mit einem langen Blick auf sie und wandte sich dann wieder dem rundlichen Mann neben sich zu.

»Fragen? Was ist dein Fachgebiet?«, fragte ich sie, während ich über die eigenartige Spannung zwischen den beiden nachdachte. Vielleicht hatte er versucht, ihr näherzukommen, und sie hatte ihm einen Korb gegeben. So etwas konnte durchaus zu einem etwas verkrampften Lächeln führen. Aber wann? Und wann hatte Len all die anderen hier kennengelernt? Seit wir Nikolai gerettet hatten, waren vielleicht drei oder vier Stunden vergangen. Hatte er tatsächlich all das hier erschaffen und Philomen überredet, sie alle in die Simulation zu holen – in so kurzer Zeit?

»Oh, ich bin Schriftstellerin«, riss Lissa mich aus meinen Gedanken.

»Du schreibst? Worüber denn?«, fragte ich und stellte fest, dass sich das überraschter anhörte, als ich vorgehabt hatte. Ich hatte mit Wissenschaftlern gerechnet. Technikern. Dass auch Künstler unter uns waren, war unerwartet – aber auch das war natürlich etwas, was die Menschheit in Zeiten großer Krisen brauchte. Zumindest tat Lissa so, als wäre ihr mein Zögern nicht aufgefallen.

»Ich schreibe über die anderen Wissenschaftler. Eine Chronik. Len möchte, dass ich unseren Neuanfang hier dokumentiere. Ist das heute das erste Mal, dass du aktiviert wurdest?«, fragte sie.

Er hatte eine Chronik in Auftrag gegeben? Was hatte er in den letzten paar Stunden noch alles getan? Oder hatte er sich mit alldem hier schon beschäftigt, während ich regenerierte? Vermutlich. Aber warum hatte er nichts davon erwähnt, als er mir von den Stromausfällen erzählt hatte? Und warum, um alles in der Welt, beschäftigte Len sich überhaupt mit so etwas? Das Problem mit der Stromversorgung war nur »fürs Erste« gelöst und damit war es weder der richtige Moment für großartige Feste noch für Biografien.

Lissa sah mich noch immer erwartungsvoll über den Rand ihres Glases hinweg an. Was war es gewesen, das sie wissen wollte? Wann ich aktiviert worden war?

Ich atmete tief durch und zwang mich zu einem höflichen Lächeln.

»Nein, nicht das erste Mal. Nicht einmal annähernd. Aber können wir das ein wenig verschieben? Weißt du, wie es draußen aussieht? Ist die Pest unter Kontrolle?«

Lissa betrachtete mich vielleicht einen Augenblick zu lange, bevor sie flüsterte: »Du machst dir Sorgen?«

Ich nickte nur. Was sollte man auch darauf antworten, wenn einen jemand fragte, ob der Ausbruch einer der schlimmsten möglichen Seuchen ein Grund zur Sorge war?

»Das solltest du vielleicht für dich behalten. Len hört das nicht gern.«

»Oh, ich zweifle nicht daran, dass er die Dinge im Griff hat. Ich bin mir sicher, ihr habt euer Bestes getan, während ich regenerieren musste, aber er ist kein Arzt«, beeilte ich mich zu sagen. Vielleicht eine Spur zu laut, denn ein paar Schritte von uns entfernt hob die Bibliothekarin den Blick und nickte zustimmend. Als sie sich wieder umdrehte, war für einen Moment eindeutig Angst in Lissas Gesicht zu erkennen.

»Nein, nein – *mir* tut es leid. Len möchte, dass wir fröhlich sind. Nur gute Gedanken. Erzähl mir, wie du ihn kennengelernt hast, ja?«, sagte Lissa etwas lauter, offensichtlich auch für alle um uns herum bestimmt, und fasste nach meiner Hand. Sie manövrierte sich mit mir in einem Tempo durch die Menschenmenge, das nicht so recht zu Small Talk auf einer Party passen wollte.

»Wovor laufen wir davon, Lissa? Was ist los?«, fragte ich leise, während ich mir Mühe gab, Schritt zu halten.

»Er … Len …«, begann Lissa und verstummte sofort wieder. Vor uns hatte sich der ältere Mann aufgebaut, den ich vor ein paar Augenblicken noch in ein Gespräch mit Len vertieft gesehen hatte.

»Unser Len – ein Prachtkerl, nicht wahr?«, fragte er und deutete mit großzügiger Geste auf die Menschenmenge um uns herum. Im Gegensatz zu Lissa hatte er trotz der Toga nicht viel von einem griechischen Gott. Er war eher klein und ein wenig rundlich, was an und für sich nicht so ungewöhnlich war. Als er mir mit einer steifen kleinen Verbeugung die Hand entgegenhielt, schien er allerdings noch weiter an Größe zu verlieren. Mehr noch, es sah aus, als würde er förmlich schrumpfen und gleichzeitig in die Breite gehen. Das Ganze erinnerte auf beängstigende Weise an einen Schneemann in der Sonne.

»Geht es Ihnen gut? Sie … scheinen zu schmelzen«, rang ich nach Worten, während er mich, augenscheinlich ohne etwas zu bemerken, anlächelte.

»Natürlich Kindchen, alles in bester Ordnung. Unser Len scheint nur gerade ein wenig abgelenkt zu sein. Verständlich, verständlich. Er bereitet ja gerade Großes vor.«

»Len? Er bringt Sie zum … Schmelzen?«, fragte ich fassungslos.

»Oh nein, ganz im Gegenteil. Er war so freundlich, mich ein wenig schlanker wirken zu lassen. Es bedarf schon eines gewissen Talents, die Technik hier zu überlisten«, sagte er und hielt mir weiterhin auffordernd seine Hand entgegen. Ich schüttelte sie äußerst vorsichtig und war erleichtert, dass sie sich fest und völlig normal anfühlte.

»Professor Stanley Hooper, sehr erfreut«, stellte er sich vor.

»Nett … Sie kennenzulernen. Ich bin Sarah Berger«, erwiderte ich.

Er war nun um einiges runder als noch vor ein paar Augenblicken und auf seinem Kopf unternahmen nun nur mehr ein paar spärliche Locken den Versuch, weiterhin als volle Haarpracht durchzugehen.

»Natürlich sind Sie das. Natürlich. Len hat so viel von Ihnen erzählt«, sagte er, und als er meinen Gesichtsausdruck sah, fügte er hinzu: »Keine Sorge, Kindchen, nur Gutes.«

»Nur Gutes?«, fragte ich, während ich überlegte, wie ich ihn loswerden konnte, um mit Lissa allein zu sprechen.

»Aber ja! Sie sind der Schlüssel, um unsere Probleme zu lösen«, erklärte er, und als er meine offensichtliche Verwirrung bemerkte, fügte er hinzu: »Aber das wird er gleich selbst erklären. Ich will da gar nicht zu viel verraten. Wie es aussieht, ist er ja auch schon fast bereit.«

Der Professor deutete nach oben, wo die Wolken sich über uns zu einer kleinen Plattform formiert hatten. Wie Stufen führten eine Reihe zierlicher Wolkenfetzen dort hinauf und Len war gerade mit wehendem Mantel dabei, sie zu erklimmen. Lissa sah beunruhigt aus, doch als sie meinen Blick bemerkte, zwang sie sich sofort wieder zu einem Lächeln. Ich folgte ihrem Beispiel und lächelte ebenfalls, während wir Len gemeinsam mit dem Professor beobachteten.

Len stand nun mit ausgebreiteten Armen dort oben. Sein Mantel flatterte im Wind und glitzerte mehr als je zuvor. »Meine Freunde! Wie ihr wisst, kam es in den letzten Tagen zu immer mehr Stromausfällen«, richtete er das Wort an die Menge. »Auch wenn wir hier vorerst in Sicherheit sind, wir dürfen nicht vergessen, wie viele es nicht geschafft haben! Es ist an der Zeit zu handeln. Wir dürfen nicht zulassen, dass diese Halbwilden uns weiter gefährden. Vergesst nicht: Wir sind die Zukunft der Menschheit. Es ist unser Vermächtnis!«

Da war sie wieder, diese Stimme, wie Donner – genau wie in der Höhle. Die Gespräche um mich herum verstummten abrupt. Alle Blicke waren auf Len gerichtet und viele um mich herum nickten zustimmend. Langsam hatte ich ein richtig übles Gefühl bei der Sache.

»Wir haben ihnen alles gegeben, worum sie uns gebeten hatten. Und was, frage ich euch, was haben sie für uns getan? Sie haben uns eingesperrt. Uns benutzt. So viele von uns ohne Strom ENDEN LASSEN …« An diesem Punkt legte Len eine dramatische Pause ein und die Rufe der Zustimmung wurden lauter. Er ließ der Entrüstung ein paar Augenblicke Zeit, sich zu steigern, dann brachte er die Menge durch eine knappe Handbewegung zum Schweigen. »… weil sie das System mit ihrem Müll beschmutzt haben. Weil sie zu einfältig sind, um auch nur die einfachsten Zusammenhänge zu verstehen. Einfältig und faul«, fuhr er fort. Es klang wie ein Urteil.

Sollte ich protestieren? Erklären, wie schlimm es um die Menschen dort draußen stand? Dass sie bestimmt nicht geahnt hatten, dass wir mit ihren Opfergaben nichts anfangen konnten? Dass sie dabei bestimmt nicht an die Ratten gedacht hatten und noch weniger an angenagte Kabel?

Len gab allerdings niemandem Gelegenheit zum Widerspruch. Mit weit ausgebreiteten Armen warf er sich in die Pose des großen Retters und fuhr fort: »Wir werden dafür sorgen, dass das Vermächtnis der Menschheit weiterlebt. In uns!«

Len schien wie geboren dafür zu sein, dort oben zu stehen, und es waren immer mehr zustimmende Rufe zu hören. Er verstand es, das Feuer zu schüren, und ich fragte mich, was er mit all dieser Wut vorhatte, die er hier entfachte. Und wie es möglich war, dass ihm Dutzende hochintelligente Menschen derart aus der Hand fraßen. Daran musste er eine ganze Weile gearbeitet haben. Wie viele solcher Reden hatte er in den letzten Monaten gehalten, während ich im Regenerationsmodus gewesen war? Und wie konnte es sein, dass niemand diesen Hass hinterfragte? Moralische Werte und Mitgefühl waren wohl keine Voraussetzung gewesen, um als einer der Wissenschaftler für das Projekt hier ausgewählt zu werden.

Ich suchte Lissas Blick, entdeckte um mich herum aber nur begeisterte Gesichter, die an Lens Lippen hingen. Von Lissa war keine Spur zu sehen.

Zu allem Übel wandte sich in diesem Moment auch der Professor zu mir um.

»Was ist denn los, Kindchen? Sie sehen aus, als wäre Ihnen ein Geist erschienen …«

»Ich dachte gerade an die Seuche dort draußen. Diese Menschen sind krank. Ich glaube nicht, dass …«, begann ich und der Professor hob abwehrend die Hände.

»Machen Sie sich doch um Himmels willen keine Gedanken um diese Wilden! Wir haben hier alle Hände voll zu tun und ich weiß, wie sehr Len auf Sie zählt.«

»Es sind … keine Wilden«, rang ich nach Worten.

Der Professor tätschelte unbeholfen meinen Arm. »Kindchen, Sie dürfen nicht zu weich sein. Man darf sich der Evolution nicht in den Weg stellen.«

Dann hatte er sich auch schon wieder mit leuchtenden Augen Len zugewandt, der mit seiner Rede immer mehr in Fahrt kam. Plötzlich hob sich etwas aus dem Schwall seiner Worte hervor, das mir das Blut in den Adern gefrieren ließ.

»Sarah hier hat erlebt, wie es sich anfühlt, wenn sie uns den Strom abdrehen. Komm, Schätzchen! Komm herauf zu mir und erzähl ihnen davon!«

Er sah direkt zu mir und wusste offensichtlich ganz genau, wo ich stand. Keine Chance, der Sache zu entkommen. Die

Menge begann bereits, mir den Weg frei zu machen, und viel zu viele erwartungsvolle Blicke ruhten auf mir.

»Komm schon, komm herauf zu mir«, wiederholte Len, als würde er ein scheues Kätzchen locken.

Verflucht noch mal, was dachte er, das ich sagen würde? Aber vielleicht war das meine beste Chance, die Dinge in ein etwas anderes Licht zu rücken. Auf jeden Fall besser, als von hier unten aus weiter tatenlos zuzusehen.

Ich atmete tief durch und machte mich auf den Weg zur Wolkentreppe, die sich im Wind leicht tanzend hin und her bewegte. Die Wolkenfetzen glitzerten zart und waren beinahe vollkommen durchsichtig, wie ein wunderschöner, funkelnder Albtraum. Dann blickte ich nach oben und erinnerte mich daran, dass die Frage, ob die Dinger mich tragen würden, im Moment meine geringste Sorge war. Len erwartete mich am Ende der Treppe und lächelte breit, als wäre das hier der beste Moment seines Lebens.

Vorsichtig setzte ich den Fuß auf die erste Stufe und gab mir Mühe, an nichts zu denken, was mich davon abhalten würde, das hier möglichst schnell hinter mich zu bringen. Eine Stufe. Die zweite. Endloses, viel zu feines Kristallgespinst unter meinen Füßen. Egal, wie sehr ich mich zu beeilen versuchte – der Weg nach oben schien ewig zu dauern. Als ich endlich die letzte Stufe erreicht hatte, legte Len sofort seinen Arm um mich. Es sah vermutlich fürsorglich aus, aber es fühlte sich so an, als wollte er die Dinge hier oben im Griff behalten. Ich lächelte hoch zu ihm und tat mein Bestes, dabei nervös und unschuldig zu wirken und keinesfalls wie jemand, der wild entschlossen war, diesen Augenblick für etwas ganz anderes zu nutzen. In diesem Moment beugte er sich zu mir und flüsterte etwas, das meine Pläne im Keim erstickte.

»Keine Sorge, Schätzchen. Wenn es nicht gut läuft, starten wir sie einfach neu. Du bekommst den Dreh bestimmt bald raus.«

»Neu starten?«, flüsterte ich tonlos, obwohl ich mir fast sicher war, was er damit meinte.

»Keine große Sache. Wir löschen sie und eine frische Kopie aus dem Datenspeicher wird eingespielt. Danach können sie sich an nichts erinnern und sind überzeugt, gerade ihren ersten Tag in der Simulation zu erleben.«

»Wir? Du bittest Philomen darum?«

»Nein, Schätzchen. Das erledigen wir beide besser ohne ihn.« Fassungslos blickte ich auf die begeisterten Gesichter unter uns. Falls diese Begeisterung nachließ, würde er ohne Zögern einfach Kopien an ihrer Stelle erscheinen lassen?

»Diese Kopien, sind … sind das noch dieselben Menschen?«

»Ähnlich genug, Schätzchen.«

Löschen. Wenn es ihm danach war, würde er sie alle löschen. Er hätte es auch Mord nennen können. Mit überraschend ruhiger Stimme antwortete ich: »Das wird nicht notwendig sein«, und dann wandte ich mich mit einem Lächeln, das wohl dem von Lissa nicht ganz unähnlich war, unserem Publikum zu und tat genau das, was Len von mir wollte.

Kapitel 19

Ich lauschte den aufgebrachten Rufen unter mir und fühlte mich wie eine Insel im tobenden Meer. Obwohl ich versucht hatte, die Menge nicht zu sehr anzustacheln, war es Len mit ein paar geschickten Worten gelungen, die Stromausfälle wie einen Angriff aussehen zu lassen. Er hatte mich als das erste Opfer präsentiert und ich war nahezu perfekt für die Rolle, die er mir zugedacht hatte. Eine Frau. Eine Ärztin, die Leben retten wollte, und dabei beinahe in endloser Finsternis versunken wäre. Die ersten Rufe der Entrüstung hatten nicht lange auf sich warten lassen.

Len schien förmlich in der Wut der Menge zu baden und hatte mir den Rücken zugekehrt. Kämpferisch und zugegeben auch ziemlich malerisch streckte er die Faust Richtung Himmel und die Menge folgte seinem Beispiel. Was vor ein paar Minuten noch wie eine fröhliche Party mit Champagner gewirkt hatte, war nun eine wogende Masse aus Wut. Die Rufe wurden immer lauter und Len war so in diesem Augenblick gefangen, dass er mich nicht weiter beachtete. Vorsichtig machte ich ein paar Schritte rückwärts und dann, mit einem letzten Blick auf ihn, drehte ich mich um und tastete mich die Stufen hinunter. Langsam. Viel zu langsam. Obwohl ich den glitzernden, durchsichtigen Biestern noch immer nicht über den Weg traute, hätte ich alles dafür gegeben, sie einfach hinunterlaufen zu können, aber ich durfte es nicht wie eine Flucht aussehen lassen. Immer wieder warf ich einen Blick über meine Schulter zurück nach oben, aber Len schien mich nicht weiter zu beachten. Nur noch ein paar Stufen, bis ich in der Menge verschwinden konnte. Und dann … dann einen Weg finden konnte, Philomen zu warnen. Nur noch ein paar von diesen viel zu zarten Wolkenfetzen.

Ich war so damit beschäftigt, Len im Auge zu behalten und meine Füße am Einsinken zu hindern, dass ich völlig von den Händen überrumpelt wurde, die nach mir griffen, als ich die letzte Stufe erreicht hatte. Es waren kräftige Hände und ich musste ein Stück weit nach oben blicken, um ins Gesicht der beiden Männer sehen zu können, zu denen sie gehörten. Der größere der beiden betrachtete mich, als wäre ich ein exotisches Vögelchen. Ich ging im Kopf meine Chancen durch, ihnen zu entkommen. Wenn man das Gedränge um uns herum berücksichtigte, hatte ich realistisch betrachtet absolut keine Chance. Und damit war nun wohl alles vorbei. Im nächsten Augenblick ließ der Größere mich allerdings einfach wieder los, während der andere mir noch einmal aufmunternd und etwas unbeholfen den Arm tätschelte und mich dann ebenfalls freigab.

»Schrecklich, was sie dir angetan haben.«

»Wie tapfer du warst!«

Verwirrt blickte ich zu ihnen hoch, und während Lens Worte immer noch wie zorniges Donnergrollen über uns hereinbrachen, sah ich nichts als Mitgefühl in ihren Gesichtern.

»Du bist ja ganz blass. Wohin wolltest du denn?«, fragte der Erste besorgt und griff mir wieder unter die Arme.

Ich holte tief Luft. Len würde jeden Augenblick bemerken, dass ich verschwunden war, und dann durfte ich nicht mehr hier am Fuß der Stufen wie auf dem Präsentierteller stehen. Es gab wohl nur eine Möglichkeit, das hier zu lösen.

»Ein Auftrag – von Len. Und ich könnte dabei etwas Hilfe gebrauchen. Er darf auf keinen Fall gestört werden. Könnt ihr die Treppe im Auge behalten?«

Eilig gab er mich wieder frei und ich konnte sehen, wie der Gedanke, einen Auftrag für Len zu übernehmen, ihn sofort ein wenig gerader stehen ließ. Er war nun ein Mann mit einer Mission.

»Gibt es ein Problem? Will jemand … zu ihm hinauf?«, wollte sein Kollege wissen und warf über meinen Kopf hinweg ein paar misstrauische Blicke in die Menge. »Ein Verräter?«, fragte er dann lauter, als es mir lieb war. Das Letzte, was ich brauchen konnte, war, hier noch mehr Aufmerksamkeit zu erregen.

Ich nickte und legte mir den Finger an die Lippen, um klarzumachen, dass es besser wäre, darüber Stillschweigen zu bewahren. Vermutlich war ihre nun auf Hochtouren laufende Fantasie ohnehin einfallsreicher als meine. Ich warf einen schnellen Blick hinauf zu Len. Er hatte mir immer noch den Rücken zugewandt und war mit wehendem Mantel wild gestikulierend in voller Fahrt. Stromausfälle. Vergeltung. Die Zeit wäre gekommen. Er begann sich zu wiederholen, aber das tat der Begeisterung der Menge um mich herum keinen Abbruch. Mit einer kleinen Handbewegung, die hoffentlich sonst niemand bemerken würde, schickte ich die beiden frisch ernannten Wächter der Treppe auf ihren Posten und verschwand in der Menge. Was auch immer Len dazu bewogen hatte, das hier zu einer Kostümparty im römischen Stil zu machen – inmitten von all dem Weiß würde ich für ihn schwer zu entdecken sein.

Dummerweise wurde es dadurch allerdings auch nicht einfacher, Lissa zu finden. Ratlos schob ich mich an unzähligen jubelnden Togaträgern vorbei. Niemand hielt mich auf, doch das brachte mich Lissa nicht näher. Keiner der blonden Haarschöpfe, auf die ich zusteuerte, gehörte zu ihr und immer wieder musste ich mir lächelnd ein paar aufmunternde Worte anhören, sobald mich jemand erkannte. Wie es aussah, war ich dank Lens Ansprache nun eine Berühmtheit. So viel zu meinem Plan, in der Menge unterzutauchen, bis mir ein Weg einfiel, Philomen zu kontaktieren. Als sich von hinten für einen Moment eine Hand auf meine Schulter legte, setzte ich wieder mein Lächeln auf und drehte mich um, bereit, einmal mehr ein paar schnelle Höflichkeiten auszutauschen. Das Lächeln gefror mir allerdings, als ich erkannte, wessen Hand sich auf meine Schulter gelegt hatte: Lens. Durch den Jubel um uns herum war mir offensichtlich entgangen, dass er seine Rede längst beendet hatte. Das Schweigen, mit dem er mich nun betrachtete, schien mir lauter als alle Rufe um uns herum. Verdammt! Verdammt! Verdammt! Verzweifelt suchte ich nach etwas, was ich ihm als Erklärung für mein Verschwinden anbieten konnte.

»Ich … ich wollte nur …«, begann ich, aber er unterbrach mich mit einer ungeduldigen Handbewegung.

»Keine Sorge, Schätzchen. Ich habe gemerkt, dass du dich dort oben nicht wohlgefühlt hast. Ich hoffe, du hattest trotzdem eine gute Sicht auf alles«, sagte er dann überraschend sanft.

Ich nickte und hoffte, dass er nicht bemerkte, wie schnell mein Herz schlug. »Es war … wundervoll.«

»Ich wusste es! Wenn ich sie alle hier versammle, wenn du in ihre Augen siehst, dann wirst du wissen, was du zu tun hast. Und nun sollten wir am besten gleich beginnen.«

»Beginnen? Womit?«, fragte ich und hatte das ungute Gefühl, bei meiner Suche nach Lissa mehr als nur das Ende seiner Rede verpasst zu haben.

»Schätzchen, lass mich nicht an meinen Rhetorikkünsten zweifeln. Der Virus. Dein Virus.«

»Mein Virus …«, wiederholte ich leise und wagte kaum, mich an die Hoffnung zu klammern, dass er von einem Heilmittel gegen die Pest sprach.

Len legte seinen Arm um mich und begann uns langsam durch die Menge zu steuern. »Du musst dir etwas Tödliches einfallen lassen – aber lass es nicht zu schnell wirken. Sie sollen schließlich Gelegenheit haben, ihn zu verbreiten.«

Ich starrte ihn entgeistert an und versuchte ein Nicken.

»Du musst sie ja nicht leiden lassen. Etwas Schmerzloses wäre durchaus in Ordnung für mich«, erklärte er in fast schon einfühlsamem Ton.

Ich war wie erstarrt, was wohl ohnehin keine Rolle spielte. Die Chance auf Flucht war dahin. Len fasste mich fester am Arm und sagte nun lauter, damit es auch die Umstehenden hören konnten: »Keine Zeit ist so gut wie das Hier und Jetzt!« Nach einem kurzen Blick in die Runde fuhr er mit großer Geste fort: »Tanzt, meine Freunde. Sorgt für ein bisschen Ablenkung, falls man uns beobachtet. Das hier muss wie eine kleine Feier aussehen. Lasst sie denken, wir feiern ihre Großzügigkeit, uns endlich zusammen sein zu lassen.« Er beugte sich ganz nahe zu mir und flüsterte:

»Du siehst übrigens ganz wundervoll aus in Weiß.«

Ich musste einen Moment lang die Luft anhalten, um mich von meinem Instinkt abzulenken, seine Hand einfach wegzuschlagen. Len schien es nicht zu bemerken und führte mich entschlossen durch die Menge. Wohin? Das hätte ich ihn gern gefragt, aber damit hätte ich wohl nur noch mehr eingestanden, wie wenig ich auf seine Rede geachtet hatte. Len hob immer wieder die Hand zu einem kurzen Gruß, aber er verlangsamte seinen Schritt nicht, bis wir schließlich den letzten seiner Anhänger hinter uns gelassen hatten. Und dann sah ich, was ich hier oben wirklich nicht erwartet hatte: einen Schreibtisch. Mitten auf den Wolken stand ein einsamer Schreibtisch. Er war golden und so sehr mit Edelsteinen verziert, dass es mich an einen schlechten Witz erinnerte. Der Himmel der Buchhalter. Lachen war allerdings definitiv keine Option, als Len vor dem Tisch anhielt und mich mit einer Mischung aus Stolz und Erwartung ansah.

»Für dich, meine Liebe. Während wir sie glauben lassen, dass wir hier den Sieg über ihre Pest feiern, wirst du dir etwas Neues für sie einfallen lassen«, erklärte er und rückte den Stuhl ein wenig für mich zurück.

»Warum willst du sie einem Virus aussetzen? Philomen ist keine Gefahr für uns, ganz im Gegenteil. Du hast ihnen geholfen … Sie stehen in deiner Schuld …«

Len schob mich sanft auf den Stuhl. Zuvorkommend. Mit einem Lächeln. Aber unter diesem Lächeln, da schien kalter Stahl zu sein. »Glaub mir, hätte ich gewusst, wie primitiv sie geworden sind, dann hätte ich nichts von den Antibiotika erwähnt, sondern der Natur ihren Lauf gelassen. Als sie mich das letzte Mal aktiviert haben, und das ist immerhin fast fünfzig Jahre her, da hatte ich noch ein wenig Hoffnung. Aber jetzt? Die letzten Monate, Philomen, dieser Rat der Ältesten – du hast keine Vorstellung, wie verkommen es dort draußen ist.«

Ich musste ihn hinhalten. Philomen warnen. Aber wie sollte ich das anstellen, während Len mir über die Schulter sah?

»Hier? Jetzt? Ich … so etwas …«, begann ich.

»Schätzchen, es ist der einzige Weg. Der beste. Diese Stromausfälle haben uns allen gezeigt, wie gefährlich die Unwissenheit dort draußen für uns ist.«

»Aber … die Stromausfälle sind doch unter Kontrolle!«

»Für den Moment. Und das nur, weil ich Philomen überzeugt habe, uns alle in meine Simulation zu bringen, bis die Wartungsroboter den Schaden behoben haben. Aber früher oder später werden ihre Schlampereien auch durch eine Armee an Wartungsrobotern nicht mehr behoben werden können. Und das hier, das ist unsere Chance, die

Dinge selbst in die Hand zu nehmen. Wer weiß, wie lange wir sie haben? Dein Philomen könnte jeden Augenblick auf den Gedanken kommen, uns alle zurück in die Einsamkeit zu schicken.«

»Das würde er nicht tun. Nicht, solange wir keine Bedrohung für sie darstellen«, sagte ich und konnte in Lens Augen sehen, dass das für ihn einfach nicht genug war. Alles, was ich im Moment tun konnte, war wohl, auf Zeit zu spielen. »So ein Virus – irgendein Virus – zu entwickeln, das ist doch im System gar nicht vorgesehen. Wir sollten …«, begann ich.

»… es auf jeden Fall dokumentieren«, hörte ich Lissas Stimme hinter mir. »Dieser Moment stellt die Weichen für uns alle, nicht wahr, Len?« Len wandte sich zu ihr um, offensichtlich genauso überrascht wie ich, sie hier zu sehen. »Liebes, du kommst wie gerufen und hast natürlich vollkommen recht. Das Virus verdient ein ganz besonderes Kapitel in deiner Chronik«, erklärte er.

Ich nickte stumm. Hatte Lissa alles mitangehört? Sie wirkte jedenfalls nicht überrascht, Len von einem Virus sprechen zu hören. Ich versuchte, in ihrem Gesicht zu lesen, ob sie einen Plan hatte, wie wir das hier stoppen konnten, aber ihre ganze Aufmerksamkeit galt Len.

»Es wird etwas dauern«, begann ich vorsichtig. Das war alles, was ich ihr als Hinweis geben konnte, wie wir das hier spielen könnten. Lens Lächeln verhärtete sich allerdings, und um ihn nicht auf den Gedanken kommen zu lassen, selbst mein Labor zu nutzen, beeilte ich mich zu sagen:»Nicht, dass es unmöglich ist – aber ich werde einige Testzyklen machen müssen. Ich könnte Lissa zu dir schicken, sobald wir erste Ergebnisse haben.«

Len schüttelte langsam den Kopf, als würde ihn der Vorschlag amüsieren. »Ich kann mir nichts vorstellen, was mich im Moment mehr interessieren würde, als dich bei deiner Arbeit zu beobachten. Vielleicht kann ich dir ja zur Hand gehen«, erklärte er. Mit einer Geste, die fast fürsorglich war, beugte er sich über meine Schulter und öffnete das Laborprogramm auf meinem Laptop. Ich konnte seinen Atem an meinem Hals spüren und hatte das Gefühl, dass sich dabei jedes einzelne Härchen in meinem Nacken aufstellte. Mein Zögern schien ihm diesmal nicht zu entgehen. Er flüsterte, immer noch viel zu dicht neben mir: »Du hast gesehen, was sie Nikolai angetan haben. Diese Einsamkeit kann jeden brechen. Einen nach dem anderen. Wir müssen all diese brillanten Geister hier davor bewahren, von Wahnvorstellungen geplagte Verrückte zu werden. Du und ich.«

Ich ließ zu, dass er mir einen Kuss auf die Wange gab. Was sonst hätte ich tun sollen? Das hier war sein Spiel, und solange ich nicht wusste, was er in den letzten drei Monaten, in denen er mich so bequem ausgeschaltet hatte, getan hatte, konnte ich wohl nichts anderes tun, als zu versuchen, sein Vertrauen zu erhalten. Ich tröstete mich mit dem Gedanken, dass ich noch immer Möglichkeiten hatte. Vielleicht ein harmloses Virus. Etwas, das ein wenig dramatisch aussah und die Menschen dort draußen misstrauisch machte. Und dann war da natürlich noch Lissa. Ich blickte fragend zu ihr hoch und sie nickte leicht. Ich war mir nicht sicher, was dieses Nicken zu bedeuten hatte, doch im nächsten Moment sah ich, wie sich hinter ihr eine Gestalt aus der Schar aufgeregt plaudernder Wissenschaftler löste. Jemand steuerte mit wehender Toga auf uns zu und nach wenigen Schritten konnte ich erkennen, dass es Professor Hooper war. Wie es schien, hatte Len ihm wieder ein wenig mehr Aufmerksamkeit zukommen lassen, denn er wirkte um Jahre jünger und ein gutes Stück größer. Vor allem aber wirkte er sehr besorgt.

»Len, mein lieber Junge, kann ich dich kurz sprechen? Es gibt ein paar ... Probleme«, rief er, noch bevor er uns ganz erreicht hatte.

Als Len sich dem Professor zuwandte, hob Lissa kaum merklich eine Augenbraue. Bedeutete das, dass es für uns gute Nachrichten waren?

»Ich wollte gerade mit Sarah das Labor für das Virus vorbereiten ...«, begann Len und der Professor schüttelte kaum merklich den Kopf.

»Jemand hat versucht, hier Botschaften erscheinen zu lassen, in großen Lettern. Groß genug, dass die Wilden draußen sie lesen könnten. Es waren Warnungen vor dem Virus. Ich hoffe, wir haben sie alle rechtzeitig entdeckt.«

Len verstummte und wandte sich dann mir zu: »Schätzchen, ich bin zurück, sobald ich kann. Bis dahin – zaubere mir etwas Schönes. Etwas, das auch die Antibiotika nicht aufhalten können.«

Ich nickte knapp, so als wäre ich schon mit meiner ganzen Aufmerksamkeit bei meinem Labor. Mit klopfendem Herzen gab ich den Laborrobotern Anweisungen, einige

Petrischalen mit Nährlösungen zu füllen. Ich beobachtete, wie sich der Roboterarm langsam bewegte. Innerlich schrie ich vor Erleichterung. Das hier, das war meine Chance. Meine Gedanken rasten. Lissa. Das mit den Botschaften musste Lissa gewesen sein.

»Sie sind weg. Zumindest weit genug«, flüsterte sie neben mir und setzte sich auf den Rand des Schreibtisches. Das erinnerte mich viel zu sehr an Len – aber im Grunde genommen bot es ihr auch eine ideale Position, um zu beobachten, ob sich uns jemand näherte. Zumindest hoffte ich, dass sie es deshalb tat.

»Wie lange bist du schon aktiviert, Sarah?«, flüsterte sie.

Small Talk? Ernsthaft? Und noch dazu etwas, das sie mich bereits vorhin gefragt hatte? Vielleicht würde sie nicht die Hilfe sein, die ich mir erhofft hatte.

»Lange. Ich bin mir nicht sicher – ich wurde immer wieder aktiviert. Warum ist das so wichtig?«, antwortete ich ebenso leise, ohne den Blick vom Monitor zu heben. Falls Len sich nach uns umsah, musste ich beschäftigt aussehen.

»Das ist mehr als nur wichtig. Ich muss sichergehen, dass du noch du bist.«

»Was meinst du damit?«

»Len verändert manche von uns. Na ja … eigentlich fast alle. Anfangs, wenn sie seine Simulation betreten und er von seinen Plänen erzählt, haben die meisten Einwände oder zögern. Dann trifft er sich allein mit ihnen, immer wieder, und sie verändern sich.«

»Zwingt er sie zu alldem hier?«

»Nein, es sieht nicht so aus. Aber nach den Treffen sind sie wie ausgewechselt. Dinge, die sie mögen, ändern sich. Kleinigkeiten. Vorlieben. Als Reporter achtet man auf so etwas.«

»Sie verhalten sich seltsam?«, fragte ich und musste an die Bibliothekarin denken. Und an den High Five des dünnen, großen Mannes, der so gewirkt hatte, als hätte er so etwas noch nie zuvor getan.

»Nicht nur das. Sie alle glauben, eben erst aktiviert worden zu sein, und können sich an nichts mehr davor erinnern.«

»Er … löscht sie. Er löscht sie so lange, bis er einen Weg findet, sie auf seine Seite zu ziehen«, flüsterte ich. Ich hatte zwar keine Ahnung, wie er das anstellte, aber es machte den Gedanken nur noch beängstigender.

Lissa nickte.

»Hast du eine Idee, wie wir das hier aufhalten können? Denkst du, die dort draußen haben deine Botschaften gelesen?«, fragte ich und warf einen nervösen Blick über meine Schulter auf die Masse an weißen Togaträgern hinter uns.

»Ich fürchte nicht. Der Professor hat sie viel zu früh entdeckt. Ich hatte damit gerechnet, dass Len länger mit dir und dem Virus beschäftigt sein würde, und …«, flüsterte sie und verstummte plötzlich. Len hatte sich aus der Gruppe gelöst und steuerte wieder eilig auf uns zu.

»Kannst du Len hinhalten, wenn ich gleich von hier verschwinde?«, fragte ich, während ich begann, die schnellste E-Mail meines Lebens zu tippen.

»Vermutlich. Wohin willst du?«

»Philomen bitten, mich in meine Simulation zurückzuschicken. Und dann herausfinden, welche Zugriffsrechte Len bekommen hat und wie wir sie ihm nehmen können. Solange er so mächtig ist, können wir ihn wohl kaum stoppen. Nicht, bevor er uns auch zu einem kleinen Gespräch unter vier Augen trifft.«

»Ich könnte sagen, du hättest von draußen einen Auftrag erhalten. Und dass Philomen dich deshalb zurück in deine Simulation geschickt hat.«

»Nein, das würde Len nur misstrauisch machen. Und nervös. Ich bitte Philomen, es wie ein technisches Problem mit meiner Simulation aussehen zu lassen. Bei dem ganzen Durcheinander mit der Stromversorgung müsste das glaubhaft sein.« Nicht, dass ich viel Hoffnung hatte, dass Philomen Len das überzeugend vortäuschen konnte. Bis Len zu ihm Kontakt aufnahm, wäre ich allerdings hoffentlich längst in meiner Simulation und könnte ihm ein paar Tipps geben.

Ich hatte gerade noch Zeit, Lissa stumm zuzunicken, als sie begann, sich vor meinen Augen aufzulösen. Genau wie alles andere um mich herum.

Kapitel 20

Im nächsten Augenblick befand ich mich an meinem Schreibtisch, in meinem Wohnzimmer. In Sicherheit. Zumindest hoffte ich das.

»Allmächtige …«, riss mich eine Stimme aus meinen Gedanken. Philomen winkte mir vom Bildschirm meines Laptops aus entgegen und ich spürte so etwas wie Hoffnung in mir aufkeimen. Schlauer Bursche, keine Zeit mit dem Aufbau der Videoverbindung zu verlieren.

»Philomen! Ein Glück, dass du meine Nachricht so schnell gelesen hast.«

Er antwortete mit einer kleinen Verbeugung, die nicht verbergen konnte, wie nervös er war. »Allmächtige, ich habe in den letzten Tagen sehr viel Zeit hier im Kontrollraum verbracht. Die Stromausfälle, sie machen mir große Sorgen …«

»Weißt du, warum sie passieren?«

Er schüttelte langsam den Kopf und wich meinem Blick aus.

»Philomen, das ist nicht die einzige Gefahr, die wir in den Griff bekommen müssen. Weiß Len, wo ich bin? Wir müssen vorsichtig sein. Er … er ist gefährlich.«

Philomen nickte und schien noch weiter in sich zusammenzusinken.

»Das hier, das wird ihn nicht freuen. Er hat mir verboten, jemanden aus seiner Simulation zu holen – aber du hast von einem Notfall gesprochen. Was soll ich ihm sagen, wenn er nach dir fragt?«

»So wenig wie möglich. Lass es aussehen, als gäbe es Verbindungsprobleme.«

»Ich soll ihn belügen?«

»Ich vermute, nichts, was du ihm sagst, wird etwas daran ändern, dass er euch auslöschen will. Mit einem Virus – oder vielleicht findet er auch einen anderen Weg. Ihr dürft ihm auf keinen Fall trauen.«

»Das … das ergibt keinen Sinn. Er ist unser Retter, seine Antibiotika …«, begann Philomen zögernd.

»Er ist wirklich gefährlich, Philomen. Bereit, jeden von euch zu töten.« Philomen wich schockiert einen Schritt vom Monitor zurück. »Beim Allmächtigen, warum? Was sollen wir tun?«

»Kannst du ihm die Rechte entziehen, die du ihm gegeben hast? Er startet jeden, der ihm hier drin widerspricht, so lange neu, bis er einen Weg gefunden hat, ihn auf seine Seite zu ziehen.«

Philomen riss verwundert die Augen auf. »Rechte? Einen der anderen Allmächtigen neu zu starten? Das … das kann nicht mal ich tun. Ich wüsste nicht, wie.«

»Hast du ihm irgendwelche Rechte gegeben? Zugangscodes verraten?«

»Das dürfte ich nicht. Das Handbuch ist da sehr deutlich. Wenn der Rat der Ältesten das erfährt – ich … ich habe ihnen noch nicht einmal erzählt, dass wir miteinander sprechen. Oder dass alle Allmächtigen nun in einer Simulation sind. Der Rat denkt, dass du das Heilmittel allein entwickelt hast …«

Ich versuchte meine Stimme ruhig klingen zu lassen, so als hätte ich alles unter Kontrolle. Philomen sah so mitgenommen aus und ich brauchte ihn – so konzentriert und so wenig panisch wie möglich. »Kannst du Lens Programm pausieren? Irgendetwas tun, was ihn von den anderen fernhält? Das wäre ein Anfang.«

Philomen sah mich unsicher an. »Ihn ausschalten? Einen Allmächtigen?«

»Nur, bis wir eine endgültige Lösung haben«, sagte ich und versuchte meine Stimme so klingen zu lassen, als hätte ich einen Plan.

Philomen nickte langsam und griff zu dem Handbuch neben sich. Ich wagte kaum zu atmen, während er langsam von Seite zu Seite blätterte, und ich hätte alles dafür gegeben, das Buch selbst in die Hand nehmen zu können. Jede Sekunde war kostbar. Was, wenn Len Lissa die technischen Probleme nicht abkaufte? Vielleicht war er in diesem Moment bereits dabei, auch sie zu löschen, und es gab nichts, was ich dagegen tun konnte. Warum hatte ich Philomen nicht gebeten, sie hierher zu bringen? Aber dafür war es nun zu spät. Len könnte sie längst verändert haben – und dann wäre sie genauso gefährlich wie jeder andere seiner Anhänger. Nein, zuerst musste ich Len ausschalten. Dann erst konnte ich nach einem Weg suchen, die anderen von seinem Einfluss zu befreien. In diesem Moment hob Philomen endlich den Blick vom Handbuch und sah mich an.

»Hast du etwas?«, fragte ich.

Philomen nickte langsam und ich konnte spüren, wie weit er von seinen vertrauten Wegen abwich. Ich hielt seinem Blick einen Moment lang stand, erwiderte dann sein Nicken und das schien der letzte kleine Anstoß zu sein, den er gebraucht hatte. Wortlos beugte er sich über das Keyboard und begann etwas einzugeben. Keine Erklärung. Keine Bitte um Erlaubnis. Keine Verbeugung. Ich war versucht, ihn zu fragen, was genau er vorhatte, aber Philomen wirkte so angespannt, dass ich fürchtete, jede Unterbrechung könnte ihn daran zweifeln lassen, ob er sich wirklich gegen einen von uns stellen durfte.

Nach ein paar kurzen Tastenfolgen hob er wieder den Kopf und schien sich auf einen Punkt neben mir zu konzentrieren. Vermutlich wurde in diesem Moment dort auf seinem Bildschirm etwas eingeblendet. Etwas, das ihn, seinem Gesichtsausdruck nach zu urteilen, nicht besonders glücklich machte.

»Nichts. Ich bekomme keinen Zugriff auf sein Programm«, sagte er schließlich.

Warum überraschte mich das nicht? Natürlich hatte Len sich abgesichert.

»Kannst du ihn von den anderen trennen? Allein wäre er vielleicht weniger gefährlich«, fragte ich mit schwindender Hoffnung.

Philomen blickte weiterhin unglücklich auf den Punkt neben meinem Ohr und schüttelte den Kopf. »Ich habe nur Zugriff auf einen der Allmächtigen. Den einzigen, der im Moment nicht aktiv ist. Soll ich sein Programm starten?«

Len hatte jemanden vergessen? Das passte so gar nicht zu ihm.

»Wer ist es?«

»Dr. Nikolai Romanoff«, las Philomen vom Monitor ab und mein Herz setzte einen Schlag lang aus.

Kapitel 21

Mit klopfendem Herzen blickte ich auf die leere Couch, auf der Nikolai eigentlich längst hätte auftauchen sollen. Nikolai, den ich hilflos zurückgelassen hatte. Auf dem Monitor vor mir hatte sich Philomen immer noch über sein Keyboard gebeugt und versuchte, den Transfer in meine Simulation zu starten. Seinem Kopfschütteln nach zu urteilen, war er dabei nicht besonders erfolgreich.

»Philomen, kann es an dem Wartungsmodus liegen? Kann es sein, dass er noch regeneriert?«, fragte ich. »Len hat so etwas gesagt …«

»Ich fürchte, Len ist das Problem, Allmächtige. Das System reiht ihn ständig an erste Stelle für den Transfer. Es ist, als würde es sich weigern, jemand anderen als ihn zu dir zu schicken.«

Natürlich tat es das. Weil Len seine Finger einfach in allem zu haben schien. Ich atmete tief durch. Zeit herauszufinden, wie gründlich er das System im Griff hatte.

»Hast du schon einmal einen Transfer durchgeführt, an dem Len nicht beteiligt war? Du oder einer der anderen Techniker? Gibt es eine Liste der Transfers in andere Simulationen?«

Zu meiner Überraschung war das anscheinend etwas, über das Philomen nicht lange nachdenken musste.

»Oh ja, die gibt es«, erklärte er mit einem kleinen, aufgeregten Nicken. »Sie wurde eingeblendet, als ich den Allmächtigen … als ich Dr. Parker-Gibbons zu dir geschickt habe.«

»Großartig. Kannst du sie mir zeigen?«, fragte ich, und als ich sah, wie das Lächeln auf Philomens Gesicht etwas unsicherer wurde, ergänzte ich:

»Sie ausdrucken? Hochhalten?«

Und er schüttelte den Kopf. Verdammt! »Ich … ich habe keine Ahnung, wie ich sie wieder auf den Bildschirm bekomme.«

Falls die Welt je für einen Augenblick damit aufhören würde, ständig am Rand einer Katastrophe entlangzubalancieren, musste ich wirklich einen Weg finden, dieses Handbuch mit Philomen durchzugehen. Bis dahin konnte ich nur hoffen, dass er ein gutes Gedächtnis hatte.

»Kannst du dich an Namen erinnern? Gab es jemanden außer Len, der in eine andere Simulation geschickt wurde?«

»Nein … nicht oft.«

»Nicht oft? Manchmal schon?«

Philomen nickte und ich hätte ihn vor Freude am liebsten umarmt.

»Das … das bedeutet, dass es möglich ist! Du musst nur Nikolais Fähigkeiten genau beschreiben, dann wird das System niemand anderen mehr vorschlagen. Versuch es mit … Erfahrung mit Kraftwerken!«

»Eine gute Idee, Allmächtige. Ich gebe es ein … Moment …« Wieder warf ich einen Blick auf die Couch. Nichts. »Philomen?«

»Der Computer schlägt mir immer noch Dr. Parker-Gibbons vor.«

»Probier es mit Russischkenntnissen – fließend.«

Ich beobachtete, wie Philomen erneut etwas eingab und dann langsam den Kopf schüttelte.

»Kochkenntnisse. Zweitstudium Philosophie. Und er hatte engen Kontakt zu mir. Schreib das, ja?«, sagte ich mit schwindender Hoffnung.

»Engen Kontakt? Ich würde sagen, das ist ein bisschen untertrieben«, hörte ich in diesem Moment eine sehr vertraute Stimme hinter mir.

Nikolai lächelte, ein bisschen schief, ein bisschen frech, und bevor ich ein Wort herausbrachte, fand ich mich in einer stürmischen Umarmung und einem wilden Durcheinander aus Küssen, Tränen und noch mehr Küssen wieder.

»Ich wusste, dass ich dich finden würde. Wusste es einfach«, flüsterte er.

»Was … geht es dir gut?«, suchte ich nach Worten, während er mir zärtlich eine Haarsträhne hinters Ohr strich. Er sah so verändert aus, so voller Energie! Da war auch wieder dieses unwiderstehliche Lächeln, das ich so vermisst hatte.

»Gut? Mehr als gut! Wir beide, Mädchen!«, sagte er und umarmte mich so fest, dass mir fast die Luft wegblieb. Diesmal wagte ich es endlich, die Umarmung zu erwidern. Ich legte meinen Kopf an seine Brust und für einen kurzen Augenblick stand die Welt still.

»Ich bin so froh, so froh, dass es dir besser geht«, flüsterte ich.

»Besser? Was meinst du damit, Liebling?«

»Besser als … als das letzte Mal, dass wir uns gesehen haben …«, begann ich und er unterbrach mich mit einem kleinen, verlegenen Lachen.

»Natürlich. Unser letzter gemeinsamer Abend. Das war eine Menge Rotwein, nicht wahr?«

Ich nickte langsam und wusste genau, an welchen Abend er dachte. Den Abend, bevor ich in der Simulation aufgewacht war. Die letzte Erinnerung der echten Sarah Berger. Hielt er das für unsere letzte Begegnung? Was war mit seiner kleinen Welt aus Schuldgefühlen und Fegefeuer?

Nikolai nahm meine Hand und zog mich in Richtung Küche. Er wirkte so entspannt, so voller Energie. Und vor allem so, als würde er sich im Gegensatz zu mir nicht um das drohende Ende der Welt sorgen. Ich lächelte unsicher, als ich ihm folgte, und fragte mich, wie viel von der Wahrheit ich ihm wohl schon zumuten konnte.

»Setz dich erst mal, Liebling. Ich mache uns eine schöne Tasse Kaffee. Handgemacht. Diese Simulationen können eine ganze Menge, aber zu einer guten Tasse Kaffee gehört immer noch mehr als ein schneller Gedanke«, erklärte er.

Er erinnerte sich also, dass wir in einer Simulation waren. Das war gut. Und es schien ihn nicht weiter zu beunruhigen. Im Grunde genommen war das schon viel mehr als nur gut.

»Du siehst aus, als hättest du eine Menge durchgemacht, Schatz«, wandte er sich mir kurz über die Schulter zu und ich musste mich dazu zwingen, nicht laut aufzulachen, während er begann, im Schrank nach meiner Lieblingstasse zu suchen und das Wasser aufzusetzen. Ich beobachtete seine ruhigen, kleinen Handbewegungen und wusste nicht, wo ich beginnen sollte.

Als er mir schließlich die Tasse in die Hand drückte, sah er mir einen sehr langen Moment in die Augen. »So still?«, fragte er. »Sehr überrascht, dass ich auch hier bin?«

Ich hielt meinen Kopf tief über die Tasse gebeugt und konzentrierte mich ganz auf den Duft des heißen Kaffees. Das war nicht der Moment für Tränen. »Überrascht? Nein. Ich bin erleichtert«, flüsterte ich.

»Ich auch, Liebling. Du weißt, ich war dagegen, als du dich für das Programm gemeldet hast. Sich für eine Ewigkeit in einen Computer sperren zu lassen, das war kein Gedanke, der mir gefallen hat. Aber dann, als du es tatsächlich durchgezogen hast, da konnte ich nicht anders, als mich ebenfalls zu melden. Ich konnte es nicht ertragen, dass ein Teil von dir in dieser Welt aus Bits und Bytes ganz allein wäre. Und ich hatte Glück, sie waren noch auf der Suche nach jemandem wie mir.«

Nikolai zog mich in seine Arme und ich wünschte, wir hätten bis ans Ende aller Tage einfach gemeinsam an diesem Küchentisch sitzen können. Nikolai. Ich. Und alle Zeit der Welt. Aber genau die hatten wir nicht. Zeit war etwas, was wir im Moment nicht verschwenden durften. Aber wie sollte ich ihm den ganzen Wahnsinn beibringen, der in dieser und der Welt draußen im Moment geschah? Allein schon, wenn ich ihn an unsere letzte Begegnung erinnerte, würde das vielleicht sämtliche Wunden wieder aufreißen, die der Wartungsmodus geflickt hatte. Andererseits konnte ich im Moment wirklich alle Hilfe brauchen, die ich bekommen konnte.

»Len macht Probleme. Mehr als nur Probleme«, begann ich vorsichtig und beobachtete über den Rand der Tasse hinweg seine Reaktion.

Er nickte langsam und beugte sich zu mir. Interessiert, aufmerksam und überraschend ruhig. Wie jemand, der sich den Dingen einfach stellen würde – ohne mit Fegefeuer um sich zu werfen. Aber was bedeutete dieses Nicken? Erinnerte er sich an Len?

»Len? Der Junge, mit dem du dich am Computer unterhalten hast? Komm schon, Liebling, was ist los?«, fragte er und nahm in aller Ruhe einen Schluck von seinem Kaffee. Wie es aussah, hatte der Wartungsmodus wirklich ganze Arbeit geleistet.

»Len ist ... einer von uns. Er ist Architekt«, sagte ich und dann holte ich tief Luft und sprang ins kalte Wasser. »Er will die Menschheit dort draußen mit einem Virus vernichten, weil er denkt, wir wären die einzig wahren Menschen ... was ... was einfach Wahnsinn ist.« Und es hörte sich eindeutig noch wahnsinniger an, wenn man es laut aussprach.

Nikolai nahm zärtlich meine Hände in seine und ich blickte hoch in ein Lächeln. Wie es schien, hatte er den Ernst der Lage noch nicht ganz begriffen. »Langsam, Liebling. Wie will er das anstellen? Soviel ich weiß, können wir hier drin nicht viel mehr tun, als gute Ratschläge geben.«

Er wusste einfach nicht, wozu Len fähig war. Wenn ich seine Hilfe wollte, musste ich ihm wohl genauer erklären, wie schlimm es wirklich war. »Len ist nicht allein. Er hat alle anderen Wissenschaftler zu sich geholt.«

»Alle? Was ist mit uns?«

»Ich habe Philomen …«, begann ich, und als er fragend eine Augenbraue hochzog, fügte ich hinzu: »… den Jungen aus dem Videochat. Ich habe ihn gebeten, uns in meine Simulation zu bringen. Aber ich weiß nicht, wie lange wir hier sicher sind.«

Ich fühlte seinen Blick auf mir ruhen, während ich überlegte, wie man das drohende Ende der Menschheit nicht zu dramatisch darstellen könnte.

Kapitel 22

Zwei Mal. Zwei Mal hatte ich dazu angesetzt, Nikolai von unserer ersten Begegnung hier zu erzählen. Von dem Fegefeuer. Von dem leeren Blick in seinen Augen. Davon, wie unerreichbar weit weg er mir damals erschienen war. Beide Male hatte ich den Satz anders enden lassen. Ein wenig, um ihn zu schonen – aber vor allem, um mich selbst zu schonen. Ich konnte den Gedanken nicht ertragen, ihn zu verlieren und wieder in diese leeren Augen blicken zu müssen.

Nikolai hatte sich gespannt nach vorne gebeugt und ließ dabei die Hand locker auf meinem Arm liegen, während ich meine Worte so vorsichtig wählte, als würde ich durch ein Minenfeld balancieren. Natürlich musste ich ihm von Len und dem Virus erzählen. Ich konnte es mir nicht leisten, auf Nikolais Hilfe zu verzichten, aber ich erwähnte mit keiner Silbe, dass wir uns in dieser Hölle aus Rauch und Schuldgefühlen getroffen hatten. Dass wir uns hier überhaupt bereits getroffen hatten.

»... und statt für Len dieses Virus zu entwickeln, bat ich Philomen, Probleme mit meiner Simulation vorzutäuschen und mich aus Lens Welt zu holen«, schloss ich.

Ich nahm einen tiefen Schluck Kaffee, um das miese Gefühl in meinem Mund loszuwerden. Hatte ich Nikolai belogen? Vielleicht. Vermutlich. Aber welche Wahl hatte ich? Langsam blickte ich über den Rand der Tasse zu ihm hoch und erstarrte. War schon das wenige, was ich ihm über Len und seinen Virus erzählt hatte, zu viel gewesen? Er schien plötzlich ins Leere zu blicken, mit seinen Gedanken sehr weit weg zu sein. Ich wagte kaum, mich zu bewegen, und hoffte verzweifelt, dass es nur Nachdenklichkeit war, die ich auf seinem Gesicht sah – und dass auch sein Schweigen nichts Schlimmeres bedeutete.

»Alles in Ordnung, Liebling?«, fragte ich und legte vorsichtig meine Hand auf seine.

Nikolai sah weiterhin an mir vorbei ins Leere. »Ich weiß nicht … etwas fühlt sich bei der ganzen Sache nicht richtig an«, flüsterte er.

Warum hatte ich nicht einfach den Mund gehalten? Ich hätte ihn damit nicht belasten dürfen.

»Diese Stromausfälle«, fuhr er fort. »Das System hätte mich eigentlich bei so etwas automatisch benachrichtigen sollen.«

Das klang … vernünftig. Ich war so erleichtert, dass ich erst an seinem verwunderten Gesichtsausdruck bemerkte, dass ich ihn anlächelte, als wäre es der Weihnachtsmorgen. Vermutlich nicht die Reaktion, die er von mir bei einem Systemfehler erwartet hatte. Nikolai blickte mich etwas ratlos an, erwiderte schließlich mein Lächeln und gab mir einen Kuss auf die Stirn. Dann beugte er sich über seinen Laptop und begann, etwas auf der Tastatur einzugeben. Auf seinem Monitor erschienen nach wenigen Augenblicken eine Menge Zahlenkolonnen, die mir auf den ersten Blick nicht wirklich verrieten, wonach er suchte. Nach ein paar weiteren schnellen Befehlen schüttelte er schließlich den Kopf und sah zu mir hoch. »Nichts. Keine Aufzeichnungen von Stromausfällen im System. Woher weißt du davon?«, fragte er.

»Ich habe einen erlebt. Nein, zwei sogar. Da war ein Flackern und dann hatte ich das Gefühl zu stürzen. Es war wie ein endloser Fall in ein schwarzes Nichts«, antwortete ich.

Zu meiner Überraschung schob er den Laptop zur Seite, wandte sich mir ganz zu und schien ein Lächeln zu unterdrücken. »Gedanken können hier einiges bewirken. Du hattest immer schon eine ganze Menge Fantasie.«

Fantasie? Energisch schüttelte ich den Kopf. »Ich habe mir das nicht eingebildet, Nikolai. Philomen hat es auf der Kontrolltafel draußen auch gesehen.«

»Liebling, einen Stromausfall würdest du nicht bemerken. Die Sicherungskopien werden automatisch erstellt. Sobald das Problem behoben ist, würdest du genau dort weitermachen, wo du gespeichert wurdest. Da wäre kein Flackern. Und ganz bestimmt kein schwarzes Nichts.«

Nikolai legte seinen Arm um mich, ganz offensichtlich, um auch die letzten Gedanken an alle Abgründe zu verscheuchen. Konnte es sein, dass er recht hatte? Einen Moment lang war ich versucht, es zu glauben, und zwar genau so lange, bis Philomen sich auf meinem Monitor mit einem kleinen Räuspern zu Wort meldete. Er war die ganze Zeit so still gewesen, dass ich ihn vollkommen vergessen hatte.

»Ich … ich habe Stromausfälle angezeigt bekommen. Immer wieder … bis ich Dr. Parker-Gibbons' Anweisungen befolgt und alle in seine Simulation transferiert habe.«

»Es gab tatsächlich Stromausfälle? Und das System hat mich nicht alarmiert? Was … welche Fehlermeldungen waren das genau, Philomen?«, fragte Nikolai und wandte ihm seine volle Aufmerksamkeit zu.

Der junge Techniker flüchtete sich in ein paar eilige Verbeugungen und sagte dann leise, so als würde er sich für die Unannehmlichkeiten entschuldigen wollen: »Die Kontrollleuchten hier neben mir wurden plötzlich rot. Es wurden immer mehr, insgesamt 247. Ich habe sie nachgezählt, Allmächtiger.« Mit einer weiteren tiefen Verbeugung schwenkte er die Kamera ein wenig zur Seite und wir blickten auf das Meer an roten Lichtern, die still und anklagend flackerten.

Nikolai betrachtete die Kontrolllichter und legte die Stirn nachdenklich in Falten. Er wirkte dabei um einiges ruhiger, als ich mich fühlte. Als er bemerkte, wie intensiv ich ihn beobachtete, warf er mir einen schnellen Blick zu und flüsterte: »Warnlampen? Was für ein Schwachsinn! Das System sollte mich alarmieren, nicht nur Lämpchen flackern lassen. Jemand hat an meinen Notfallprotokollen herumgespielt.« Dann wandte er sich mit dieser ruhigen, entschlossenen Art, an die ich mich so gut erinnerte, wieder dem jungen Techniker zu: »Vielleicht ist alles halb so wild. Philomen, spiel mir den Status einer betroffenen Simulation in mein Wartungsprogramm.«

Es war, als hätte sich für einen kurzen Moment ein Fenster zu unserem früheren Leben geöffnet. Mit genau diesem Tonfall hatte er seinen Gesprächspartnern am anderen Ende der Leitung das Gefühl gegeben, dass es gar keine andere Möglichkeit gäbe, als dass er das Problem Schritt für Schritt lösen würde, wenn man ihn mitten in der Nacht zu einem Notfall in einem der Kraftwerke gerufen hatte. Da waren nichts als Ruhe und Zuversicht in seiner Stimme gewesen, während er sich auf der Suche nach seiner Kleidung eilig im Dunkeln durch das Schlafzimmer getastet hatte.

»Gib Code 2341-C16 ein und die Kennung der Simulation, dann werden die Daten auf meinen Schirm übertragen«, fuhr er fort und die Gelassenheit in seiner Stimme schien auch bei Philomen ihre Wirkung nicht zu verfehlen.

In den nächsten Minuten beugten sich die beiden Männer konzentriert über ihre Bildschirme und das Klacken der Tastatur wurde nur hin und wieder von einem der beiden unterbrochen, wenn sie sich ein paar Messwerte vorlasen. Ich beschränkte mich darauf, zu beobachten, wie Nikolais Hände über das Keyboard glitten, und langsam fiel alle Anspannung von mir ab. Es gab vermutlich nichts, was uns hier so schnell gefährlich werden konnte wie ein Fehler in der Stromversorgung, aber an Nikolais Seite fühlte ich mich wie im Auge des Sturms. Was auch immer um uns herum geschah – wir waren zusammen.

Als hätte er meine Gedanken gelesen, schob er das Keyboard zur Seite und zog mich auf seinen Schoß. Das war entweder ein sehr gutes Zeichen oder es bedeutete, dass die Lage hoffnungslos war.

»Nichts Außergewöhnliches. Keine Probleme mit der Stromversorgung, in keiner der Simulationen«, erklärte er und das war etwas, womit ich nicht gerechnet hatte.

»Was ist mit den Aufzeichnungen der letzten Tage?«, fragte ich.

»Alles in bester Ordnung«, meinte Nikolai, strich mir eine Haarsträhne hinters Ohr und grinste mich an, als läge es nun an mir, etwas zuzugeben.

Die Energieversorgung war Nikolais Spezialgebiet und trotzdem konnte er nichts von den Problemen entdecken, über die Len so viel gewusst hatte? Ich konnte mir nur einen Grund dafür denken und der gefiel mir ganz und gar nicht. Len hatte, wie auch immer er das geschafft hatte, mehr als nur gründlich ins System eingegriffen.

»Philomen, kannst du Nikolai den Status meiner Simulation schicken, als du Len und mir die ersten roten Lampen gezeigt hast?«, fragte ich.

»Natürlich, Allmächtige. Ich spiele die Daten sofort ein«, erwiderte Philomen und Nikolai fügte mit einem kleinen Zwinkern hinzu: »Ich sehe es mir gern noch einmal an, Mylady!«

Als die ersten Zahlenkolonnen auf seinem Monitor erschienen, schwieg er einen Augenblick lang und schien dann ganz in den Zahlen zu versinken. »Len. Steht das für Dr. Lennard Parker-Gibbons?«, fragte er schließlich.

Ich nickte langsam und ein ungutes Gefühl begann sich in mir breitzumachen.

»Du warst nicht in deiner Simulation. Ihr beide, du und dieser Len, ihr wart in seiner Simulation. Die, nebenbei bemerkt, einwandfrei lief«, erklärte Nikolai.

Das konnte nicht sein. Ich war aufgewacht … in meinem Bett … in meinem Haus.

»Philomen, in welcher Simulation war ich, als du uns die roten Lichter gezeigt hast? Es hat ausgesehen wie mein eigenes Wohnzimmer …«

»Dr. Parker-Gibbons hat mir von Stromausfällen erzählt, als ich ihn auf die ersten roten Lampen hingewiesen hatte. Und danach bat er mich, alle anderen Allmächtigen, einen nach dem anderen, in seine Welt zu holen, um Energie zu sparen. Du wurdest von mir, kurz bevor ich dir die roten Lampen gezeigt habe, ebenfalls in seine Welt transferiert. Ich dachte, du wüsstest das?«

In seiner Welt. Er hatte mein Haus in seiner Welt nachgebildet. Warum? Um mich glauben zu lassen, dass ich in meiner Simulation wäre? Das brachte mich zu einem weiteren Warum. *Verflucht noch mal, Len, was hast du vor?*

Nikolai blickte mich mit dem Hauch eines Lächelns an, das er offensichtlich nicht länger zurückhalten konnte, und schüttelte den Kopf.

»Was auch immer du erlebt hast, die Simulation lief einwandfrei. Dein Dr. Parker-Gibbons hat allerdings die Gedankenkontrolle für alle außer sich selbst deaktiviert. Die Gedankenkontrollen-Subroutinen wurden zu diesem Zeitpunkt nicht mit Strom versorgt, zumindest so viel zeigt mir mein Programm an. Wie es aussieht, wollte er, dass du nicht eingreifen konntest, bei was auch immer er dir vorgespielt hat.«

Meine Gedanken rasten. Er hatte mich glauben lassen, in meiner Welt zu sein. Und er hatte mir offensichtlich einen Stromausfall vorgespielt. Aber warum um alles in der Welt hatte er das getan? Ein Teil der Antwort saß vermutlich direkt vor mir. Er hatte mir einen Grund geben wollen, mit ihm nach einem Experten zu suchen. Nach Nikolai.

»Er wollte mich davon zu überzeugen, dass … dass ich ihm helfen muss, dich zu finden«, flüsterte ich.

»Er hat nach mir gesucht?«, fragte Nikolai und blickte überrascht von den Zahlenkolonnen auf seinem Bildschirm auf.

Ich war mir sicher, was auch immer die Antwort auf diese Frage war, sie würde uns nicht gefallen. Das Letzte, was Len im Sinn gehabt hatte, war vermutlich eine harmlose Familienzusammenführung gewesen. Ich blickte in Nikolais Augen und traf eine Entscheidung.

Kapitel 23

Sanft griff ich nach Nikolais Hand, und als er meinen Blick sah, verschwand sein Lächeln.

»So schlimm?«

»Sobald Len im Spiel ist, scheinen die Dinge grundsätzlich schlimm zu werden.«

»Sag schon, Liebling, was ist los?«

»Wir haben dich gesucht, Len und ich. Er hat mich glauben lassen, dass die Stromausfälle meine Simulation bedrohen und dass wir sofort nach einem Experten suchen müssen. Nach dir. Und … wir haben dich gefunden.«

»Du warst in meiner Welt? Bei mir? Warum hast du denn nicht mit mir gesprochen?«, fragte Nikolai und drückte meine Hand unerwartet fest. »Liebling, du hast ja keine Ahnung, wie sehr ich die ganze Zeit über auf ein Zeichen von dir gehofft habe. Etwas. Irgendetwas«, flüsterte er.

»Ich … wir haben gesprochen, aber es ist vielleicht besser, dass du dich nicht daran erinnerst.«

Er blickte mir einen Moment lang in die Augen und ich konnte spüren, wie verwirrt er war. Zu meiner Erleichterung war zumindest keine Spur von Panik in seinem Gesicht zu erkennen und ich hielt wortlos seine Hand, während ich hoffte, dass es so bleiben würde.

»Was ist passiert?«, fragte er und es klang bewundernswert gefasst für jemanden, der gerade erfahren hatte, dass in seiner Erinnerung offensichtlich ein großes Stück fehlte.

Ich atmete tief durch. Zeit, die Karten auf den Tisch zu legen – das war ich ihm schuldig. »Du hast dir dein eigenes Fegefeuer geschaffen, um zu büßen, so hast du es genannt. Ich glaube, du warst sehr lange allein dort und …«

»Und warum kann ich mich an nichts davon erinnern?«, fragte er und nur der immer noch eine Spur zu feste Druck seiner Hand verriet mir, dass er tief in sich drin wohl doch nicht ganz so ruhig war.

»Das System hat dich, als wir bei dir waren, in einen Wartungszustand versetzt. Damit du dich erholst. Es sah aus, als würdest du schlafen …«

»Ein Wartungszustand, sagst du? Bist du dir sicher?«

»Ja, du warst nur ein paar Schritte entfernt von mir. Gleich hier, auf der Couch. Du hast mit mir gesprochen und bist dann müde geworden. Ein wenig plötzlich vielleicht …«

»Habe ich bemerkt, was mit mir passiert?«, fragte er und dann tat er das, womit ich in diesem Augenblick am wenigsten gerechnet hätte: Er lächelte.

»Nein. Nein, ich denke nicht. Ich glaube, du hast dich einfach nur sehr müde gefühlt«, antwortete ich und sein Lächeln wurde verwirrenderweise noch breiter.

»Liebling, das ist es!«, rief er und sprang auf. Er hatte seinen Computer schon fast erreicht, als er sich noch einmal zu mir umdrehte und mir einen Kuss auf die Stirn drückte. »Das ist die Lösung! Philomen, kannst du für Len so einen Wartungsmodus aktivieren? Wir lassen ihn einfach ein kleines Schläfchen machen!«, rief er in Richtung Monitor und begann bereits zu tippen, noch während er sich hinsetzte.

Philomen nickte, griff nach seinem Handbuch und zögerte dann. »Was genau ist dieser Wartungsmodus? Verzeiht mir, aber ich … ich habe davon noch nicht gehört …«, fragte er.

»Ich höre davon auch zum ersten Mal. Der Wartungsmodus muss sich aktiviert haben, als Sarah in meiner Simulation war. Such nach einem Hinweis in meinen Logfiles«, antworte Nikolai geduldig.

»Kannst du diesen Wartungsmodus nicht selbst aktivieren?«, fragte ich und betrachtete die Zahlenkolonnen auf seinem Monitor.

Er schüttelte den Kopf und schenkte mir ein halbes Lächeln. »Glaub mir, ich habe in all der Zeit hier drin oft genug versucht, mehr aus meinem Programm rauszuholen. Es kann garantiert keinen ›Wartungsmodus‹ aktivieren. Alles, was es mir zeigt, sind Daten über die Stromversorgung und den Status der Simulationen.«

»Ähm … Allmächtige?«, begann Philomen. »In den Logfiles steht nichts über einen Wartungsmodus. Oder über einen Transfer von jemandem in die Simulation von Dr. Nikolai Romanoff. Nicht in den letzten Monaten. Soll ich noch weiter zurückgehen?«

»Philomen, da muss etwas sein. Es war, ganz kurz nachdem du uns die roten Lampen gezeigt hast«, sagte ich. Diese roten Lampen … Einen Augenblick lang hatte ich das Gefühl, etwas Wichtiges dabei übersehen zu haben, doch dann unterbrach Philomen meine Gedanken.

»Dr. Nikolai Romanoff war zu diesem Zeitpunkt überhaupt nicht aktiviert.«

»Das kann nicht sein. Ich war bei ihm. Du hast uns zu ihm gebracht, Philomen ...«, flüsterte ich.

»Ich habe nur Euch transferiert. Mit diesem Code, den Dr. Parker-Gibbons mir gegeben hatte. Hat ... hat das nicht funktioniert?«

Es hatte funktioniert. Wir hatten Nikolai gefunden. Aber trotzdem, dieser Code, den Len so praktisch bei der Hand gehabt hatte ... »Philomen, kannst du nachsehen, was bei diesem Transfer genau passiert ist? Was bewirkt dieser Code Alpha 43a? Steht darüber etwas im Handbuch?«

Philomen zitterte, als er sich wieder über seine Tastatur beugte. Ihm war wohl ebenso klar wie mir, dass Len mit diesem Code vermutlich mehr im Sinn gehabt hatte als nur einen schnelleren Transfer. Als Philomen einen Augenblick später auf einen Punkt neben mir starrte, an dem sein Monitor offensichtlich etwas einblendete, konnte ich sehen, dass dort etwas angezeigt wurde, was ihm nicht gefiel.

»Hier ist der Transfer zusammen mit Dr. Parker-Gibbons vermerkt und ... und ... Moment ...«, sagte Philomen und einen Augenblick später verstärkte sich sein Zittern noch mehr. »... aber nicht zu Dr. Romanoff. Ihr habt die Simulation nie gewechselt ... das Ziel des Transfers war nur ein anderer Ort in der Simulation von Dr. Parker-Gibbons, nur ein paar Meter entfernt. Professor Stanley Hooper befand sich an diesen Koordinaten.«

»Was? Professor Hooper?«, flüsterte ich fassungslos.

Nikolai zog fragend eine Augenbraue hoch: »Du kennst ihn?«

»Ich weiß vor allem eines über ihn: Er kann mithilfe von Len sein Aussehen verändern. Und ich fürchte – genau das hat er getan. Er war … du.«

»Er läuft hier als ICH durch die Gegend?«

»Nicht grundsätzlich, aber Len hat ihn wohl deine Rolle übernehmen lassen. Len ist gut in Gedankenkontrolle. Richtig gut«, begann ich und Nikolai sog scharf die Luft ein.

»Und ich habe das Gefühl, du weißt, warum er das getan hat?«

»Er … er war an mir interessiert. Oder ist es. Vielleicht. Vermutlich. Er hat es jedenfalls so aussehen lassen, als wärst du durch den langen Aufenthalt in der Simulation halb wahnsinnig …«

»Halb wahnsinnig, hm? Und schläfrig? Klingt nicht sonderlich attraktiv. Scheint so, als hättest du in diesem Len einen sehr entschlossenen Verehrer«, stellte Nikolai fest.

Ich schüttelte langsam den Kopf. Hatte Len mir so zeigen wollen, dass er eine viel bessere Wahl wäre? Oder wollte er mich damit nur auf seine Seite ziehen, damit ich bei seinem Rachefeldzug mitspielte und für ihn sein Virus entwickelte? Dieser ganze Irrsinn mit der Stromversorgung – war das nur ein Vorwand gewesen, um uns alle leichter auf seine Seite ziehen zu können? Der Abgrund, die Lichter …

»Philomen, diese roten Lampen – du hast sie gesehen?«

Der junge Techniker nickte langsam. »Ich sehe sie immer noch, direkt neben mir.«

Diese Lichter waren nicht Teil der Simulation. Und damit nichts, was Len einfach so erscheinen lassen konnte.

»Wenn Nikolai recht hat und es keine Stromausfälle gab … was bedeuten dann diese Lichter? Hast du sie damals im Handbuch nachgeschlagen, Philomen?«, fragte ich.

»Das habe ich. Natürlich. Aber ich konnte nichts finden. Dr. Parker-Gibbons erklärte mir, als ich ihn danach fragte, dass sie Probleme mit der Stromversorgung anzeigen und die Wartungsbots sich darum kümmern würden. Er war sehr deutlich. Ich solle nichts unternehmen, um die Arbeit der Wartungsbots nicht zu stören.«

Diese Lichter mussten etwas anderes bedeuten. Nikolai schien das, seinem Blick nach zu urteilen, genauso zu sehen. Irgendetwas ließ dort draußen jede Menge Warnlampen angehen und Len schien offensichtlich nicht zu wollen, dass Philomen weiter darüber nachdachte. In diesem Moment sah ich auf der Konsole, wie ein weiteres Licht von Weiß auf Rot umschwenkte. Wir konnten uns wohl nicht erlauben, hier noch länger nur Pläne zu schmieden.

»Nikolai? Was genau kann dein Programm? Wir müssen Len wirklich dringend ausschalten«, sagte ich.

Er schwieg einen Augenblick, bevor er leise meinte: »Das, Liebling, hängt davon ab, wie gefährlich dieser Len ist.«

Wie gefährlich war jemand, der vorhatte, die gesamt Menschheit zu vernichten, jemand, der ein Team von hochbegabten Wissenschaftlern an seiner Seite hatte, die ihm blind in seinen Wahnsinn folgten?

»Gib ihm zehn von zehn Punkten. Was auch immer die Lichter bedeuten, ich bin mir sicher, er ist für diese Fehlermeldungen verantwortlich. Ich habe einiges von ihm gesehen, aber nicht, dass er zu Skrupeln neigt.«

»Und denkst du, er könnte tatsächlich versuchen, die Menschen dort draußen umzubringen?«

Ich nickte langsam. Unglücklicherweise gab es mittlerweile kaum etwas, was ich Len nicht zutrauen würde. Nikolai schien meinen Blick richtig zu deuten und an der Art, wie er nach meiner Hand griff, konnte ich spüren, wie ernst er die Sache inzwischen nahm. »Dann gibt es einen Weg. Einen Weg, um sicherzugehen, dass ihn dort draußen niemand mehr fürchten muss.«

Das klang wunderbar. Seltsamerweise sah Nikolai bei diesen Worten allerdings nicht so aus, als würde er positive Neuigkeiten überbringen.

»Das Ganze hat nur einen Haken. Wir müssen die Stromversorgung zum ganzen System abschalten – und damit … uns alle.«

»Du hast doch etwas von Back-ups erzählt. Wir würden das nicht mal bemerken, richtig? Gespeichert werden und dann einfach …«, begann ich und brach ab, als Nikolai langsam den Kopf schüttelte.

»Das würde auch Len eine neue Chance geben. Damit hätte niemand etwas gewonnen. Es gibt nur einen Weg: Wir müssen zuerst einen so gewaltigen Stromimpuls durch das System jagen, dass alle Back-ups unbrauchbar werden.«

»Und wir?«, fragte ich, obwohl ich die Antwort in seinen Augen sehen konnte.

»Wir gehen in die Geschichte ein. Hoffentlich als Helden«, erklärte er langsam.

Ich. Nikolai. Wir alle. All die Menschen, die ich auf Lens Kundgebung getroffen hatte. Sie hatten ihm zugejubelt, aber welche Wahl hatten sie gehabt? Wie viele von ihnen hatten anfangs Widerstand geleistet, bis Len sie wieder und wieder neu gestartet hatte? Es musste einen anderen Weg geben. Es musste! Und plötzlich wusste ich, wen ich um Hilfe bitten konnte. Und vor allem, wie.

»Philomen, kannst du Lissa erreichen? Ihr eine Nachricht schicken? Frag sie, wie lange sie schon aktiviert ist«, bat ich. Vielleicht hatte Len sie noch nicht im Verdacht. Vielleicht war sie noch sie selbst. Vielleicht.

»Lissa? Meinst du die Allmächtige Lissa Milano?«, fragte Philomen.

»Ich glaube. Sie hat ihren Nachnamen nie erwähnt. Sie ist Schriftstellerin.«

»Eine Schriftstellerin? Und du denkst, sie kann uns helfen? Wie?«, fragte Nikolai.

»Sie scheint eine Menge über Len zu wissen.«

Ich wandte mich dem Bildschirm zu, auf dem Philomen kein besonders glückliches Gesicht machte. »Philomen?«

»Immer noch nichts, es tut mir leid. Kein Zugriff auf irgendeinen der Allmächtigen in der Simulation von Dr. Parker-Gibbons, und … etwas scheint mit der Simulation von Lissa Milano nicht zu stimmen. Die Warnleuchte hat soeben auf Rot gewechselt.«

»Ist alles in Ordnung mit ihr?«

Philomen schüttelte den Kopf. »Ich sehe nur, dass ihre Simulation vor Kurzem einen Neustart gemacht hat. Um genau zu sein, fünf Neustarts in weniger als drei Minuten. Warum, das kann ich nicht sagen. Und nun ist da dieses rote Licht ...«

Was auch immer der Grund für diese Neustarts war, sie waren kein Zufall gewesen.

»Und du weißt immer noch nicht, was das rote Licht bedeuten könnte?«, fragte Nikolai neben mir.

»Fünf Neustarts so knapp hintereinander? So etwas kann nicht gut sein für den Datenspeicher. Diese Warnlampen könnten Speicherfehler anzeigen. Simulationen mit korrumpierten Daten, die nicht mehr aktiviert werden können.«

»Du meinst, Lissa ist ... beschädigt?«, fragte ich.

»Ich fürchte, mehr als das«, flüsterte Nikolai.

Ich musste mir alle Mühe geben, die Panik, die ich in mir spürte wie eine drohende Sturmflut, zurückzuhalten. Ich musste nachdenken. Nachdenken und endlich einen Weg finden, den Mistkerl unschädlich zu machen.

»Ich könnte noch einmal nachlesen, was die Lichter bedeuten, Allmächtige«, bot Philomen an.

Ich nickte nur, wie in Trance, während sich langsam die letzten Puzzleteilchen zu einem ganzen, furchtbaren Bild zusammenfügten. Speicherfehler. Wann immer Len es bei einem seiner Gesprächspartner mit den Neustarts übertrieben hatte, war es zu Speicherfehlern gekommen. Als dann die ersten Warnlampen angingen und Philomen sie bemerkte, hatte er die Stromausfälle erfunden. Was für ein genialer Schachzug! Damit hatte er nicht nur Philomen eine Erklärung für die roten Lampen geliefert, sondern auch ein unschlagbares Argument gehabt, um weitere Wissenschaftler zu überzeugen, sich gegen die Menschen draußen zu wenden. Und um alles noch glaubhafter zu machen, hatte er mir einen Stromausfall vorgespielt und mich dann allen als lebenden Beweis für die Gefahr präsentiert – obwohl die einzige Gefahr, in der wir alle schwebten, von ihm und seinen Neustarts ausging. Warum um alles in der Welt hatte ich das nicht kommen sehen?

»Kannst du irgendjemanden aus einer der roten Simulationen erreichen? Was ist mit Lissa?«, fragte ich Philomen.

Er beugte sich über sein Keyboard und die Sekunden fühlten sich wie Stunden an. Schließlich schüttelte er langsam den Kopf. Ich holte tief Luft. Was auch immer Len mit Lissa angestellt hatte – vielleicht konnte sie uns immer noch helfen.

»Findest du ihre Unterlagen? Das, woran sie geschrieben hat? Sie hat etwas von einer Chronik erzählt.«

Philomen gab ein paar schnelle Zeichenfolgen ein und schüttelte wieder den Kopf. »Es wurden keine Arbeitsaufträge an sie erteilt. Da ist nichts, worauf ich zugreifen kann.«

»Irgendein Hinweis, woran sie gearbeitet hat?«

»Ich … ich sehe nur, dass sie in den letzten Tagen einige Male eine Anfrage nach einer Kooperation gestellt hat. Sie wollte sich mit einem der anderen Allmächtigen wieder in ihre Simulation versetzen lassen. Das System hat die Anfragen automatisch abgelehnt, weil sie keinen offiziellen Arbeitsauftrag hatte.«

»Mit wem wollte sie zusammenarbeiten?«

»Sie hat keinen Namen genannt. Sie wollte einen Psychologen und dann, bei ihrer zweiten Anfrage, einen Experten für Stress.«

Stress? *Oh, Lissa, du schlaues Mädchen!*

»Sie wollte wissen, wie man Len stoppen kann! Stress – das ist der Schlüssel! Er kann nicht alle seine Schöpfungen am Laufen halten. Die Wolken, die Party, diese ganzen Togen … das sind eine Menge Bälle, die er gleichzeitig in der Luft halten muss.«

Und er war am Limit, deshalb waren ihm auch für einen kurzen Moment die Verschönerungsversuche an Professor Hooper entglitten. Alles, was wir tun mussten, war vielleicht, ihm noch ein wenig mehr zu geben, womit er sich beschäftigen musste. Genug, um ihn nicht merken zu lassen, was wir wirklich vorhatten.

Mit klopfendem Herzen drehte ich mich zu Nikolai um und begann, ihm von meinem Plan zu erzählen, der ihm vermutlich nicht gefallen würde.

Kapitel 24

Die Welt war voller Musik, Licht und funkelnden Wolken, und ich schloss einen Augenblick lang geblendet die Augen, bis ich meinen Namen hörte. Len rief nach mir.

»Sarah! Goldlöckchen! Willkommen, willkommen zurück!«

Er bahnte sich einen Weg durch die Menge und die Tatsache, dass er sich nicht die Mühe machte, seinen Umhang dabei malerisch flattern zu lassen, zeigte, wie eilig er es hatte. Es sah so aus, als freute er sich tatsächlich, mich zu sehen. So, als hätte er Philomen die Geschichte vom versehentlichen Neustart meiner Simulation abgekauft. Es könnte natürlich auch sein, dass er hier, inmitten seiner Anhänger, einfach keine unvorteilhafte Szene machen wollte. All diese Neustarts und der Aufwand, sie ständig von Neuem auf seine Seite zu ziehen, musste anstrengend sein. Ich ließ mich von ihm in die Arme schließen, während ich über seine Schulter spähte, in der Hoffnung, Lissas blonden Haarschopf in der Menge zu entdecken.

»Ein wenig länger, und ich schwöre, ich hätte einen Weg gefunden, diesen idiotischen Techniker zu erwürgen«, sagte er und drückte mich an sich.

Ich blickte mit einem unsicheren Lächeln hoch zu ihm. »Er … hat es nicht absichtlich getan, Len.«

»Ach, Schätzchen, du bist viel zu nachsichtig mit ihnen«, sagte er und nahm mein Gesicht prüfend in seine Hände. »Alles in Ordnung, meine Kleine?«

»Ist Lissa hier?«, fragte ich und tat mein Bestes, meine Stimme dabei ganz unbefangen klingen zu lassen.

»Lissa wollte ein wenig allein sein. Ich habe ihren Wunsch natürlich respektiert. Hast du nichts von ihr gehört? Ich hoffe nur, dass sie nicht das jüngste Opfer der Stromausfälle wurde«, erklärte er mit so viel Anteilnahme in seiner Stimme, dass es leicht gewesen wäre, es ihm zu glauben. Aber es gab keine Stromausfälle. Alles, was es gegeben hatte, waren fünf Neustarts in drei Minuten.

»Sie hat sich nicht bei mir gemeldet. Aber vielleicht gab es ähnliche Probleme wie bei mir. Das System hat bei mir eine Prüfung auf Speicherfehler durchgeführt …«, sagte ich und konnte sehen, wie er einen Augenblick unsicher schien, als ich die Speicherfehler erwähnte. Ich war also wohl auf der richtigen Spur.

»Speicherfehler? Bei dir? Aber warum? Hattest du … einen Unfall? Hat Philomen dir gesagt, was den Fehler verursacht hat?«

Einen Unfall? Das war Lens erster Gedanke? Nun, das würde erklären, wie er es angestellt hatte, die Neustarts zu verursachen. Ein Gespräch unter vier Augen. Ein Unfall, den sein Gesprächspartner nicht kommen sah, und dann, sobald man überzeugt war zu sterben, startete sich die Simulation neu.

Len sah mich immer noch forschend an und ich beeilte mich, den Kopf zu schütteln. »Nein, Philomen konnte mir keinen Grund nennen«, erwiderte ich und zwang mich dazu, mich nicht aus Lens Umarmung zu befreien.

All die Veränderungen, die Lissa bei den anderen Wissenschaftlern bemerkte hatte – das waren alles Nachwirkungen der »Unfälle«, die Len verursacht hatte. Vermutlich kam es bei jedem Neustart zu kleinen Speicherfehlern, auch wenn sich das Programm wieder hochfahren ließ. Und wer war diese Person, die dann die Stelle von Lens Gesprächspartner einnahm? Eine fast perfekte Kopie an der Stelle eines denkenden, fühlenden Lebens, das ausgelöscht worden war. Das war nichts anderes als Mord gewesen.

»Philomen pfuscht am System herum?«, hörte ich Len neben mir sagen und ich zwang mich, ihm in die Augen zu sehen, ohne eine Miene zu verziehen. »Schätzchen – wir brauchen das Virus dringender denn je«, fuhr er fort.

Und das war mein Stichwort. Ich atmete tief durch und legte ein wenig Zittern in meine Stimme: »Das Virus … ich konnte es nicht fertigstellen. Ich fürchte, ich habe dich im Stich gelassen.«

»Goldlöckchen, das würdest du nie.«

»Aber …«, setzte ich an und es fiel mir nicht schwer, meine Stimme stocken zu lassen in Anbetracht dessen, was ich nun tun musste. »Ich kann dieses Virus nicht herstellen. Mein Eid, alles wofür ich als Ärztin stehe …«

»Mit deinem Virus sicherst du das Beste, was die Menschheit zustande gebracht hat.«

»Es zerreißt mich einfach, Len. Ich habe geschworen, Leben zu retten …«, flüsterte ich.

Len machte einen Schritt rückwärts. Er lächelte mich weiterhin strahlend an, aber nun war da etwas Kühles in seinem Blick. »Schätzchen, du und ich, wir sollten das vielleicht unter vier Augen besprechen.«

Ich holte noch einmal tief Luft und hasste den Gedanken daran, was nun kommen musste. Dann lief ich los. Ich lief, stieß an Schultern, trat auf fremde Füße. Als ich hörte, wie Len von irgendwo hinter mir meinen Namen rief, beschleunigte ich meine Schritte noch einmal. Alles hing nun davon ab, dass ich vor ihm den Rand der Wolken erreichte. Nur noch ein paar Schritte. Nicht weiter denken als bis zu diesem Rand. Zwei Schritte noch. Ein letzter. Er würde mir folgen. Wenn ihm etwas an mir lag, dann würde er mir folgen. Er dachte, ich hätte vor wenigen Minuten bereits einen Neustart erlebt. Len würde nicht riskieren, dass ich wie ein Stein zu Boden fiel und für ihn für immer verloren wäre, falls mein Programm so schnell keinen zusätzlichen Neustart vertrug. Er würde mir folgen. Davon hing nun alles ab.

Als ich im nächsten Augenblick das Nichts unter mir spürte und zu fallen begann, war da kein Platz mehr für Gedanken an etwas anderes, als die harte, unbarmherzige Luft um mich herum. Sie schlug mir so heftig entgegen, dass ich nicht mehr atmen konnte. Panisch versuchte ich, etwas zu finden, was mir Halt geben würde. Doch da war nichts. Nichts, was meinen Fall aufhielt. Nichts bis auf … Lens Hand. Irgendwo in meiner Panik war da der Gedanke, dass das gut war. Und dass ich auf keinen Fall nach seiner Hand greifen durfte. Ihr ausweichen musste. Mich fallen lassen musste.

Len rief etwas, was vom Wind fortgetragen wurde, bevor ich es hören konnte, und sein Gesicht sah durch den Sturm seltsam verzerrt aus. Da waren keine Worte. Nur wir beide. Wir beide und der Wind, der in meinen Ohren rauschte. Ich sah, wie Len einen kurzen Blick nach unten warf, um zu sehen, wie viel Zeit ihm noch blieb, und blickte ebenfalls nach unten. Eine Wiese. Grün. Gelb. Beruhigend weit entfernt. Es war, als würde sie uns niemals wirklich erreichen. Len versuchte nach mir zu greifen, mir Halt zu geben, und ich wich ihm aus. Es war, als hätten wir noch alle Zeit der Welt für diesen Tanz. Als hätten wir hier und jetzt die Ewigkeit für uns. Wortlos. Schwerelos. Meine Angst wich und ein Gedanke war stärker als alle anderen: Ewigkeit. Würde es sie für uns geben? Die Ewigkeit? Ein Leben nach dem Tod? Was für eine Ironie, in den Himmel zu wollen und dabei dem Boden entgegenzustürzen.

Und als hätte er auf sein Stichwort gewartet, traf uns der Boden in diesem Augenblick wie eine harte, unbarmherzige Faust. Viel früher als gedacht. Plötzlich und unabwendbar. Es war, als hätte jemand voller Wut ein Buch zugeschlagen, weil ihm das Ende nicht gefiel. Mein Ende. Lens Ende.

Kapitel 25

Es war es ein großartiger Frühlingsmorgen. Sonnenstrahlen, blauer Himmel: alles dran.

Ich hätte das Ganze allerdings mehr genossen, wäre da nicht dieses fiese Gefühl von Watte in meinem Kopf gewesen. Die Welt um mich herum wirkte ein wenig gedämpft. Zu leise. Ich setzte mich langsam auf und schüttelte den Kopf, doch das klebrige, lästige Wattegefühl ließ sich davon nicht beeindrucken. *Vermutlich die Grippe*, wagte ich mich an ein wenig Selbstdiagnose und eigentlich hätte ich wissen sollen, dass Schütteln dagegen nur mäßig hilft. Während die Welt um mich herum noch damit beschäftigt war, sich heimtückisch zu drehen, ließ ich mich in die Wärme meines Betts zurücksinken und tastete mit halb geschlossenen Augen nach dem Wecker: halb sechs. Das war gut, sehr gut sogar. Damit konnte ich mir noch zehn Minuten lang die Decke über den Kopf ziehen. Als Vortragende war Zuspätkommen zur Vorlesung ja eher ungünstig.

Unter dem Schutz der Decke schob ich mich langsam ein wenig nach rechts, um mich für ein paar Augenblicke an meinen Mann zu schmiegen, doch auf der anderen Bettseite fand ich nichts als ein leeres Kissen und glatt gebügelte Ordnung. *Was zum …?*, dachte ich mir noch etwas schwerfällig, setzte mich auf, verfluchte die immer noch viel zu aufdringlichen Sonnenstrahlen und starrte die leere Bettdecke an.

In diesem Moment stieg mir der Duft von frisch gebrühtem Kaffee in die Nase und Nikolai öffnete die Tür, beladen mit einem Tablett voller Croissants, Erdbeeren und Cappuccino. Ich hielt die Hand hoch, um die aufdringlichen Sonnenstrahlen ein wenig abzuwehren, und lächelte ihn an. Als ich die rote Rose auf dem Tablett sah, wurde mein Lächeln allerdings ein wenig unsicher. Das war etwas viel für einen ganz normalen Montagmorgen.

Nikolai stellte das Tablett auf den Nachttisch und setzte sich zu mir ans Bett. So, wie er mich ansah, schien es tatsächlich ein besonderer Tag zu sein. Ein wichtiger Tag. Und einer, den ich völlig vergessen hatte.

»Nikolai, was ist heute …«, begann ich, und bevor ich den Satz beenden konnte, unterbrach mich Nikolai mit einer unerwartet stürmischen Umarmung, bei der die kleine Schüssel mit Erdbeeren zu Boden ging. Er würdigte sie keines Blickes und lächelte mich einfach nur weiter an. Seit wann kümmerten ihn Flecken auf unserem Parkettboden nicht mehr? Das Haus war nur gemietet und so etwas konnte teuer werden …

Ich versuchte, ihn zärtlich ein wenig zur Seite zu schieben, um die Erdbeeren selbst aufzuheben, aber er zog mich nur noch fester an sich.

»Liebling, du warst wunderbar. So tapfer! Ich weiß, welche Angst dir Höhe macht«, erklärte er und drückte mir die Tasse Kaffee in die Hand.

»Nimm erst mal einen Schluck, ja?«

Hatte er die Schüssel nicht bemerkt? Unmöglich. Sein Fuß stand mitten in den Scherben. Verwirrt blickte ich von den Erdbeeren hoch in das Lächeln meines Mannes.

»Hat der Aufprall sehr wehgetan, Liebling? Es war einfacher als gedacht, den Boden weiter weg erscheinen zu lassen. Du hast Len wirklich wunderbar abgelenkt, er hat nicht mal versucht zu bremsen. Er ist jetzt deaktiviert.«

»Aufprall? Ich kann mich … ich kann mich an überhaupt nichts erinnern. Was ist passiert? Hatte ich einen Unfall?«, fragte ich und mein Blick fiel wieder auf die Erdbeeren, die in dem weißen Eichenholz furchtbare Spuren hinterlassen würden. »Und warum, um alles in der Welt, lässt du mich das nicht wegmachen? Das gibt Flecken …«

Nikolai sah mich ein wenig überrascht an und im nächsten Moment schloss er die Augen. Einfach so. Mitten im Gespräch. Wer tat so etwas? Vielleicht war er es, mit dem nicht alles in Ordnung war.

Ich warf über seine Schulter hinweg noch einmal einen Blick auf die zerbrochene Schüssel und fand … nichts. Keine Spur von den Erdbeeren. Ganz so, als wäre es nie passiert. Zitternd befreite ich mich aus seiner Umarmung und stand auf. Langsam hatte ich das sehr deutliche Gefühl, dass mit diesem Morgen eine Menge nicht stimmte.

Nikolai griff nach meiner Hand, so vorsichtig, als wäre ich ein rohes Ei. »Ganz ruhig, Liebling. Das war eben ein ziemlich harter Neustart. Es wird wohl noch ein wenig dauern, bis sich dein Back-up vollständig einspielt.

Philomen hat das zum ersten Mal gemacht, aber er hat sich gar nicht so übel dabei angestellt.«

»Philomen ...«, wiederholte ich langsam diesen seltsamen Namen, der sich so anfühlte, als müsste mir jeden Augenblick einfallen, warum er mir so bekannt vorkam.

»Vielleicht solltest du wirklich erst mal deinen Kaffee trinken. Ich denke, ich muss dir eine Menge erklären«, sagte Nikolai und zog mich wieder sanft zu sich auf die Bettkante.

Diese Erinnerungen, die wie Nebel nicht ganz zu fassen waren. Nebel. Warum kam mir der Gedanke an Nebel plötzlich so furchtbar vor? Was stimmte nicht mit mir? »Bin ich ... bin ich krank? Diese Erdbeeren ... sie waren da, oder? Du hast sie doch auch gesehen?«, fragte ich leise und versuchte an Nikolais Gesicht abzulesen, was er mir verschwieg.

Er nahm meinen Kopf zärtlich in seine Hände und drückte mir einen Kuss auf die Stirn. Genau wie ... wann? Wann war das gewesen?

»Nein, du bist nicht krank. Das ist etwas, worüber wir uns keine Sorgen machen müssen. Für sehr, sehr lange Zeit nicht.«

Ich blickte in das warme Braun der Augen meines Mannes. Irgendetwas war geschehen. Etwas, was er mir offensichtlich vorsichtig beibringen wollte. »Schatz, was immer es ist – sag es einfach. Es wird schon kein Weltuntergang sein ...«, flüsterte ich und schmiegte mich an ihn.

- ENDE -

Ich hoffe, Sie hatten beim Lesen von "Das Ewigkeitsprojekt" genauso viel Spaß wie ich beim Schreiben!

Sarah Berger ist mir dabei sehr ans Herz gewachsen und wenn es Ihnen gefallen hat, würde ich mich sehr freuen, wenn Sie sich einen Augenblick Zeit nehmen für eine kurze Bewertung auf Amazon, Thalia.de oder dort, wo Sie am liebsten nach neuen Bücher stöbern. Damit geben Sie Sarah die Möglichkeit, von weiteren Lesern entdeckt zu werden. Vielen Dank!

Weiterer Bücher von Caroline Hofstätter:

Wien 2095: Die junge Musikerin Evergreen Ray ist mit dem fürsorglichen Lächeln der künstlichen Intelligenz ihrer Stadt aufgewachsen. Die KI hat hier für ihre Bewohner ein wahres Paradies geschaffen.

Keine Kriege.
Kein Hunger.
Keine Verschwendung.
Und keine andere Wahl, als glücklich zu sein.

Die intelligente Stadt sorgt dafür, dass niemand falsche Entscheidungen trifft. Selbst dann, wenn er das wirklich möchte. Kein leichtes Pflaster für die junge Evergreen Ray, um mit illegaler Schwarzmarktware zu handeln ...

"Findungstag", der erste Teil des Zweiteilers rund um Evergreen Ray, wurde von der European Science Fiction Society nominiert als "Best Written Work of Fiction".

Caroline Hofstätter wurde 1975 in Graz, Österreich geboren und lebt heute, genau wie viele ihrer Protagonisten, in der Nähe von Wien.

Nach einer Karriere in der Werbung hat sie sich entschlossen, näher am Boden der Tatsachen zu bleiben und Science Fiction zu schreiben.

In ihren Geschichten träumt sie von humorvollen Robotern, Raumschiffen mit brauchbaren Reichweiten und Welten, in dem man mit angemessener Vorsicht an das Gute im Menschen glauben kann.

Mit ihrem Debütroman »Das Ewigkeitsprojekt« wurde sie für den Kurd Laßwitz Preis nominiert und gewann den Crysalis Award der European Science Fiction Society. Mehr über sie und ihre Werke findet man auf www.carolinehofstaetter.at

Printed in Poland
by Amazon Fulfillment
Poland Sp. z o.o., Wrocław

51976123R00129